Silke Naujoks

Ein Dorf schweigt

Silke Naujoks

Ein Dorf schweigt

Bibliografische Information der Deutschen Nationalbibliothek:
Die Deutsche Nationalbibliothek verzeichnet diese Publikation in der Deutschen Nationalbibliografie; detaillierte bibliografische Daten sind im Internet über http://dnb.dnb.de abrufbar.

© 2015 Silke Naujoks

Illustration: **Kara C. Cowan**
Korrektorat: **Bianca Karwatt**

Herstellung und Verlag: BoD - Books on Demand, Norderstedt

ISBN: 978-3-7347-9111-6

Inhalt

Inhalt.. 5
Prolog.. 7
Kapitel 1.. 9
Kapitel 2.. 24
Kapitel 3.. 33
Kapitel 4.. 48
Kapitel 5.. 64
Kapitel 6.. 70
Kapitel 7.. 79
Kapitel 8.. 96
Kapitel 9.. 117
Kapitel 10.. 133
Kapitel 11.. 141

Prolog

Als die junge Pam ihre Verwandten besucht, trifft sie ihre Jungendliebe Pascal wieder.

Doch ihr Wiedersehen steht unter keinen guten Stern. Pascal wurde des Mordes angeklagt, aber freigesprochen. Für das ganze Dorf ist und bleibt Pascal aber ein brutaler Mörder.

Als die Liebe von Pam zu Pascal neu entflammt, beschließt sie Pascal zu helfen.

Ein ganzes Dorf schweigt … Sie gerät in einen Sumpf aus Intrigen und kommt selbst in Lebensgefahr.

Gelingt es Pam, die Mauer des Schweigens zu zerbrechen oder wird sie im Morast der Gewalt untergehen?

Kapitel 1

»Lauf Nummer vier!«, schrie ich.

»Nummer zwei! Abbu! Streng dich an! Nun mach schon, du musst gewinnen!«, schrie neben mir Kim Wagenheber, meine Cousine.

Ihre ansonsten blassen Wangen waren heute stark gerötet und ihre braunen Locken hingen ihr wild in die Stirn. Sie wippte immer zu auf den Zehenspitzen, hatte die Hände zu Fäusten geballt und ruderte damit durch die Luft, als könne dadurch ihr Windhund schneller rennen als meiner.

»Abbu, du darfst mich nicht enttäuschen«, rief sie aufgeregt.

Aber der Hund hatte keine Chance gegen die Nummer vier, deren Namen ich nicht behalten konnte. Er hieß Ibby oder Ikki oder Indy. Egal. Für mich war er die Nummer vier, und wenn er gewann, konnte ich mir am Wettschalter einen netten kleinen Gewinn abholen.

»Lauf!«, schrie ich wieder.

Ich strengte mich fast genauso an wie der Hund, der hinter dem Hasenbalg herjagte. Abbu holte auf den letzten paar Metern auf, aber er war keine

Gefahr für meinen Favoriten. Als der Sieger feststand, warf ich die Arme hoch und jubelte.

»JAAAAAA! Wir haben gewonnen!« Lächelnd umarmte ich meine Cousine und tanzte mit ihr, obwohl sie an meiner Freude nicht teilhaben konnte, denn ihr Hund hatte ja nur den ehrenvollen zweiten Platz gemacht. Mit saurem Gesicht, hüpfte Kim mit mir ein paar Mal im Kreis. Sie war ein Mädchen, das nicht verlieren konnte, ganz gleich, wobei. Aber das Leben und ich hatten ihr wieder einmal gezeigt, dass es niemanden auf der Welt gibt, der immer nur gewinnt. Eine Lehre, die ich der zarten Kim gern erteilte. Sie war so alt wie ich, also noch nicht ganz zwanzig und ich kann mit ehrlichem Gewissen sagen, dass wir einander gern hatten. Wenn Kim ihre Anwandlungen hatte, war es besser sie zu meiden, denn dann wurde sie leicht ungenießbar. Im Augenblick drohte sie diese Anwandlung wieder zu bekommen, deshalb ließ ich von ihr ab und holte meinen Gewinn, den mir meine Cousine selbstverständlich nicht gönnte. Umso mehr freute es mich, dass Abbu auf Platz zwei gelandet war.

Die gesamte Familie Arend war mit mir zum Hunderennen gegangen. Tante Liz, Onkel Wolfgang und deren Söhne Jo und Wilfred. Vor zehn Jahren hatte ich zum letzten Mal meine Schulferien hier verbracht. Dann war es meinen Eltern finanziell besser gegangen und sie hatten Spanien für uns als ideales Reiseziel entdeckt. Jahr für Jahr hatte Onkel Wolfgang sein Angebot erneuert, ich könne im Sommer wieder bei ihm wohnen. Vor allem Kim würde sich darüber freuen, weil sie dann eine gleichaltrige Spielgefährtin hätte, doch verbrachte ich die Ferien viel lieber im heißen, sonnigen Spanien. Erst in diesem Jahr entdeckte ich die alte Heimat als Urlaubsziel wieder und die Familie Arend freute sich über meinen Entschluss, zu ihr zu kommen. Ganz kurz, für zwei bis drei Tage waren meine Eltern mit mir hier auch während der vergangenen Jahre aufgetaucht. Oder die Arends waren für ein paar Tage zu uns nach Berlin gekommen, damit die verwandtschaftlichen Beziehungen nicht einfroren. Nur einen richtigen und schönen Urlaub hatte ich im Osten Deutschlands, der auch seine Reize hatte, schon lange nicht mehr verbracht.

Das nächste Rennen wurde angesagt.
»He, Cousinchen, auf welchen Hund setzt du diesmal?«, wollte Jo wissen. Er war dunkelhaarig und sportlich, wirkte manchmal ein bisschen steif und versnobt.

»Ich habe einmal gewonnen, ein zweites Mal fordere ich das Schicksal nicht heraus«, erwiderte ich. »Ich möchte das schöne Geld, das ich gewonnen habe, nicht wieder verlieren.«

»Das ist sehr vernünftig von dir«, lobte Tante Liz. Ihr schönstes Kleid hatte sie aus dem Schrank geholt, um dem Ereignis einen würdigen Rahmen zu geben. Da konnte ich in Jeans und Pullover nicht mithalten, aber ich fühlte mich in dieser Kleidung am wohlsten. Vater sagte manchmal, ich wäre ein besserer Junge geworden und manchmal bedauere ich es wirklich schon, eine Frau zu sein, obwohl man mir sagte, dass ich hübsch sei. Nun hässlich bin ich nicht, aber selbst ist man immer kritischer als die anderen. Wenn ich schlechte Laune hatte und vor dem Spiegel stand, gefiel mir an meinem Gesicht so einiges nicht. Worauf ich aber immer stolz war, war mein langes goldblondes Haar mir den Naturwellen, um die mich Tante Liz schon oft beneidet hatte, denn ihr braunes Haar war glatt und sie musste jede Woche zum Frisör gehen, damit es nicht strähnig und unansehnlich wurde.

Ich hatte die ganze Zeit schon das Gefühl, von jemandem beobachtet zu werden. Mehrmals hatte ich mich bereits suchend umgesehen, doch ich war dabei niemandes Blick begegnet. Jetzt wandte ich mich wieder um, während die Windhunde an den Start gebracht wurden.

»He«, rief Jo lachend, »das Rennen findet hier statt, Cousinchen. Nicht dort hinten.«

»Ist mir bekannt«, gab ich abgelenkt zurück. Wenn ich doch nur gewusst hätte, wer sich für mich interessierte und aus welchem Grund.

Wilfred hastete noch schnell zum Wettschalter, und als er zurückkehrte, glänzten seine Augen als hätte er Fieber. Er war leicht übergewichtig, sah aber trotzdem gut aus. Man musste sich vor ihm jedoch in acht nehmen. Wenn man sich seinen Hass zuzog, war er imstande, einem das Leben zur Hölle zu machen.

Das zweite Rennen wurde gestartet. Da ich nicht gewettet hatte, hatte die Sache keinen Reiz für mich. Ich hielt Wilfreds Windhund ein wenig die Daumen, das war alles. Vielleicht wurde das Tier deshalb vorletzter.

Wieder glaubte ich, dass mich jemand beo-bachtete, während Wilfred seinen Wettschein verdrossen auf den Boden warf und darauf trat, ließ ich meinen Blick erneut schweifen und nun entdeckte ich einen jungen, gutaussehenden Mann mit schwarzem Haar und dunklen Augen. Er schaute mich an und mir kam es vor, als sei er traurig. Als er merkte, dass ich ihn entdeckt hatte, sah er ganz schnell woanders hin. Ich stieß Kim an. Sie war ein umschwärmtes Mädchen. Ich hoffte, sie könnte mir sagen, wer dieser attraktive junge Mann war.

»Ja, was ist?«, fragte meine Cousine.

Ich schmunzelte. »Ich glaube, ich habe eine Eroberung gemacht.«

Dafür hatte sie immer Verständnis. Ihr Ärger darüber, dass sie beim vorherigen Rennen nicht gewonnen hatte, verflog. »Wirklich? Wer ist es?«

Heimlich wies ich auf den betreffenden Mann und wunderte mich, dass meine Cousine plötzlich blass wurde. Sie war wütend, entrüstet, empört. Ich konnte ihre heftige Reaktion nicht verstehen. »Kannst Du mir erklären ...«, begann ich, doch Kim beachtete mich nicht mehr.

Sie wandte sich an ihre Brüder und an die Eltern und alle reagierten mit der gleichen Empörung.

»Dass er es wagt, sich in aller Öffentlichkeit zu zeigen«, sagte Tante Liz verächtlich.

»Wieso?«, fragte ich. »Wer ist das?« Sie überhörte meine Frage.

»Ich möchte, dass wir gehen«, sagte Onkel Wolfgang.

»Aber wieso denn?«, fragte ich. »Es kommen doch noch drei Rennen.«

»Wir haben keine Lust, länger hier zu bleiben«, stellte Onkel Wolfgang fest.

Na schön, er und seine Familie hatten vielleicht keine Lust mehr, aber ich wäre sehr gerne noch geblieben, doch ich musste mich den strengen Worten meines Onkels fügen. Wenn er sagte: ›Wir gehen nach Hause, dann gingen wir nach Hause, und zwar alle.‹

Einverstanden, ich wollte ja gar nicht stänkern, aber sie hätten mir wenigstens sagen können, warum ihnen dieser junge Mann so gründlich die Laune verdorben hatte. Merkwürdig. Obwohl ich nicht glaubte, ihn schon einmal gesehen zu haben, kam er mir nicht fremd vor. Da war etwas Vertrautes in seinen Zügen. War ich ihm vor zehn oder mehr Jahren schon mal begegnet? Hatten wir zusammen gespielt, als wir Kinder waren? Ich wäre am liebsten zu ihm gegangen und hätte ihn gefragt: ›Warum haben Sie mich die ganze Zeit beobachtet? Wer sind Sie? Was wollen Sie von mir?‹

Jetzt hatte ich das Gefühl, meine Verwandtschaft wolle mich vor ihm in Sicherheit bringen. Meine beiden Cousins schirmten mich regelrecht ab. Wie Leibwächter kamen sie mir vor. Was sollte das? Stellte der junge Mann eine Bedrohung für mich dar? Das konnte ich mir beim besten Willen nicht vorstellen. Er machte auf mich keinen gefährlichen

Eindruck, aber ich musste zugeben, dass es mit meiner Menschenkenntnis nicht weit her war.

Meine Verwandten drängten mich zum Parkplatz. Nach wie vor kannte ich den Namen des Mannes nicht. Die Arends hatten anscheinend vor, mich dumm sterben zu lassen und das ärgerte mich.

»Dürfte ich nun endlich erfahren, was ...«, begann ich, als wir Onkel Wolfgangs Wagen erreichten.

»Steig ein, Pam«, sagte er zu mir und seine Miene war schon lange nicht mehr so finster gewesen.

Ich gehorchte. Kim nahm neben mir Platz, Tante Liz setzte sich neben ihren Mann und Jo und Wilfred begaben sich zu dessen Wagen. Ein schöner Sonntagnachmittag war plötzlich umgeschlagen. Das Barometer zeigte auf einmal Schlechtwetter und ich hatte nicht den leisesten Schimmer, warum das so war.

Wir fuhren durch den kleinen unscheinbaren Ort mit den lieblichen eng aneinander geschmiegten Häusern. Es war ein malerischer, ein wenig verträumter Ort und ich musste zugeben, dass es richtig gewesen war, ihn solange links liegen zu lassen. Der Ort war es wert, dass man öfter kam. Ich nahm mir vor, wenigstens jedes zweite Jahr hier meinen Urlaub zu verbringen, das ging natürlich nur, solange ich frei und ungebunden war. Wie lange ich das noch sein würde, hing nicht von mir alleine ab. Während der Fahrt wurde kein Wort gesprochen. Ich versuchte es zweimal, doch die Antwort war gleich null und so gab ich mein Bemühen erst mal auf, zu erfahren, wer der junge Mann war. Ewig konnten die ja nicht schweigen. Ich hoffte, dass sie zu Hause die Katze aus dem Sack lassen würden.

Zu Hause, das war ein altes Herrenhaus aus dem vorherigen Jahrhundert. Ein wenig unheimlich war es schon. Vor zehn Jahren war mir das nicht aufgefallen. Damals hatte ich noch die Unbekümmertheit eines Kindes besessen. Heute empfand ich anders und das Leben hatte mir trotz meiner Jugend ein paar Wunden geschlagen, die mich vorsichtiger und misstrauischer werden ließen. Deshalb hatte es mich zunächst ein bisschen erschreckt, als ich das Haus der Arends wiedersah, denn so düster und unheimlich war es mir nie vorgekommen. Doch nach nur zwei Tagen war das Unbehagen weg gewesen und ich fasste langsam Vertrauen zu dem Gebäude mit den dämmrigen Fluren und schummerigen Ecken und Winkeln.

Das Haus der Arends stand außerhalb des Ortes und war umgeben von einem dichten, finsteren Wald, in dem man sich glatt verirren konnte. Während Kim und ich lieber in unseren Zimmern mit Puppen gespielt hatten, waren Jo und Wilfred viel in den Wäldern herumgezogen und es gab kaum einen Baum, an dem sie damals nicht hochgeklettert waren.

Max, der alte Diener, empfing uns. Er sagte, er hätte uns noch nicht zurückerwartet und meine Verwandten machten es mit ihm genauso wie mit mir. Der junge Mann von der Windhundbahn wurde einfach totgeschwiegen, aber gerade dadurch war er besonders lebendig für uns. Man konnte ihn in unserer Mitte spüren. Hatten meine Verwandten Angst vor ihm? Wieso mieden sie seine Nähe, als hätte er irgendeine entsetzliche, ansteckende Krankheit? Dass sie partout nicht über ihn reden wollten, sah ich nicht ein, warum ich mich an ihrem eifrigen Schweigen beteiligen sollte. Nicht reden konnte ich auch in meinem Zimmer, deshalb zog ich mich dorthin zurück und niemand hatte etwas dagegen.

Der Raum war erst vor meiner Ankunft neu tapeziert und eingerichtet worden. Kein Möbelstück erinnerte mich an meine früheren Aufenthalte in diesem Haus. Da ich nicht wusste, was ich tun sollte, setzte ich mich vor den Frisörspiegel und kämmte mein blondes Haar. Aber eine Dauerbeschäftigung war das nicht. Nachdenklich betrach-tete ich mein Spiegelbild und ich fragte mich, ob ich so wenig vertrauenswürdig war, das meine Verwandten nicht über alles mit mir sprechen wollten. Um die Zeit bis zum Abendessen totzuschlagen, begab ich mich zu dem kleinen Schreibtisch beim Fenster und begann einen Brief an meine Eltern zu schreiben.

›Liebe Eltern, heute habe ich etwas Merkwürdiges erlebt ...‹

Der Anfang gefiel mir nicht, ich knüllte das Papier zusammen und warf es auf den Boden. Warum eigentlich nicht in den Papierkorb?

›Liebe Eltern,
ich hoffe, es geht Euch gut. Schade, dass ihr nicht hier sein könnt. Ich vermisse Euch ...‹

Auch nichts. Der nächste Papierball landete auf dem Teppich.

›Liebe Eltern ...‹

Nun gefiel mir noch nicht einmal mehr die Anrede!

›Liebe Mutter, lieber Vater ...‹

Ach was. Ich gab auf, beim Aufstehen sammelte ich die Knäule ein und warf sie in den Papierkorb und lehnte mich neben dem Fenster an die Wand. Ein milder Lufthauch streichelte mein Gesicht. Mit halb gesenkten Lidern genoss ich die friedliche Atmosphäre. Das leise Rauschen der Bäume, das unermüdliche Zwitschern der Vögel. Die Natur brachte keinen Misston hervor und doch fühlte ich mich nach einer Weile unbehaglich.

Wieder fühlte ich mich beobachtet. War das diesmal ein erstes Anzeichen von Verfolgungswahn? Ich versuchte zu vergessen und nach einer Weile gelang es mir auch. Stattdessen dachte ich an meine Kollegen in der Bank, von denen die meisten ihren Urlaub bereits hinter sich hatten. Simon Klausen kam mir in den Sinn, rötliches Haar, vorstehende Zähne, zuständig für die Schließfächer. Er hatte eine Schwäche für mich, aber ich nicht für ihn und ich hatte ihm das auch klipp und klar gesagt.

Aber das hinderte ihn nicht daran, mich zu fragen, ob ich im Herbst mit ihm für ein paar Tage nach Irland reisen wollte. Meine Antwort war natürlich nein. Er kannte sie schon, bevor ich sie aussprach, doch ich konnte sicher sein, dass er mir bald einen ähnlichen Vorschlag machen würde. Simon Klausen war einer meiner hartnäckigsten Verehrer. Wahrscheinlich sagte er sich, Beharrlichkeit ist alles. Für mich jedenfalls nicht, das stand fest und Simon würde seinen Irrtum eines Tages einsehen und sich auf ein Mädchen, bei dem seine Chancen größer waren, konzentrieren. Eine Weile hatte ich Simon ganz deutlich vor mir. Dann wechselte das Bild und Simon Klausen wurde zu einem schwarzhaarigen, gutaussehenden Mann ohne Namen. Die Dämmerung setzte ein, ohne dass es mir bewusst wurde.

Kim klopfte an meine Tür. »Abendessen, Pam.«

›Großer Gott‹ ... Ich war noch nicht einmal umgezogen. Onkel Wolfgang liebte es nicht, wenn man nicht pünktlich am Tisch saß. Es hätte ihm auch missfallen, wenn ich in Jeans und Pullover erschienen wäre. Er hielt sehr viel auf Etikette. Dazu gehörte, dass ein weibliches Wesen während der Mahlzeiten ein Kleid trug.

»Ich komme sofort!«, rief ich und holte rasch ein Kleid aus dem Eichenschrank. Trotz der Eile hängte ich die Jeans über einen Kleiderhaken und legte den Pullover ordentlich zusammen. So viel Zeit musste sein, denn so hatten meine Eltern mich erzogen.

Die Mienen meiner Verwandten hatten sich noch nicht geändert. Sie waren immer noch grimmig und verschlossen. Das bedeutete für mich, dass das Thema ›junger Mann‹ in diesem Haus nach wie vor tabu war. Dadurch schnellte meine Neugier natürlich noch weiter nach oben. Nach dem Abendessen spielte Kim für uns auf dem Klavier, lustlos wie mir schien, und es hörte ihr auch keiner interessiert zu. Sie spielte einfach, weil ihr Vater sie darum gebeten hatte und ich nahm an, er tat es, damit ich nicht wieder unbequeme Fragen stellte.

Schwer und schwarz breitete sich die Nacht über das alte Haus. Der unheimliche Ruf eines Käuzchens flog durch die Dunkelheit und ließ mich erschaudern. Ich befand mich wieder allein in meinem Zimmer, konnte mich aber noch nicht entschließen, zu Bett zu gehen. Bald würde der Mond aufgehen und sein silbernes Licht in mein Reich schicken. Ich beschloss, auf ihn zu warten. Versonnen näherte ich mich dem Fenster und im nächsten Moment zuckte ich leicht zusammen.

Dort unten zwischen den Bäumen stand jemand. Ich konnte ihn nur vage erkennen, bildete mir aber ein, dass es der Mann von der Windhundrennbahn war. Was wollte er hier? Stand er meinetwegen dort unten? Meine Hand umschloss die Gardine. Ich hielt mich daran fest. Reglos wie eine Statue stand die Gestalt in der Finsternis. Je länger ich hinuntersah, desto undeutlicher wurde sie und bald war ich nicht mehr sicher, ob ich tatsächlich jemanden sah oder es mir nur einbildete. Mein Herz schlug ein bisschen schneller und ich nagte nervös an der Unterlippe.

Sollte ich meine Verwandten alarmieren? Wenn ich mich irrte, scheuchte ich sie grundlos aus den

Betten. Die Gestalt dort unten konnte durchaus auch nur in meiner Einbildung existieren. Rasch schloss ich die Augen, schüttelte den Kopf, und als ich die Lider wieder hob, war der Platz zwischen den Bäumen leer. Hatte ich ein Trugbild gesehen? Mir verging die Lust, auf den Mond zu warten. Ich legte mich ins Bett und wartete auf den Schlaf, der mich auch bald übermannte.

Kapitel 2

Das heftige Rauschen des Regens weckte mich im Morgengrauen und der Wind trug die Tropfen weit in mein Zimmer herein. Ich war gezwungen, aufzustehen und das Fenster zu schließen. Patschnass war der Teppichboden bereits. Während ich die Fensterflügel zuklappte, schaute ich unwillkürlich wieder dorthin, wo - möglicherweise - der Mann von der Hunderennbahn gestanden hatte. Trotz des Regens war die Sicht jetzt besser, aber der Platz dort unten war selbstverständlich leer. Gähnend kehrte ich ins warme Bett zurück, zog die Decke ans Kinn und schlief noch drei Stunden.

Als ich wieder aufwachte, regnete es nicht mehr, aber der Morgen war grau und trist. So ein Wetter färbte meist auf mein Gemüt ab. Ich fühlte mich nicht sonderlich wohl. Mein normalerweise sehr ausgeprägter Unternehmungsgeist ließ sich nicht finden und ich musste lange kalt duschen, um meine Lebensgeister wenigstens einigermaßen in Schwung zu bringen. Als ich mein Zimmer verließ, begegnete ich Jo auf dem Flur.

»Guten Morgen, Cousinchen«, sagte er. »Hast Du gut geschlafen?«

»Einigermaßen, und Du?«

»Mich hat der Regen geweckt.«

Max brachte Kaffee.

»Ich habe einen Mordshunger«, sagte ich zu Jo.

Er lächelte. »Kein Wunder. Du hast die ganze Nacht nichts gegessen.«

Die Stimmung war an diesem Morgen etwas besser, aber so ganz im Lot war sie immer noch nicht. Ich ließ mir das reichhaltige, ausgiebige Frühstück gut schmecken. Auf meine Linie brauchte ich nicht zu achten, die war in Ordnung. Ich hatte damit wirklich noch nie Probleme gehabt, konnte essen, soviel ich wollte, ohne dick zu werden. Wilfred befand sich nicht in dieser beneidenswerten Lage. Er musste sich schon beim Frühstück bremsen und noch mehr beim Lunch und Dinner aufpassen. Er behauptete, er würde sogar durch ein Glas Wasser zunehmen. Das war natürlich Unsinn, aber es stimmte, das er schon Fett ansetzte, wenn er sich einmal erlaubte, genauso viel zu essen wie ich.

Onkel Wolfgangs Glatze spiegelte an diesem Morgen, als hätte Max sie mit Bienenwachs gewienert. Er wartete, bis wir alle mit dem Essen fertig waren und dann zündete er sich eine Zigarre an. Es war immer ein feierlicher Akt, bis die Zigarre die richtige Glutkrone hatte. In dieser Zeit durfte niemand Onkel Wolfgang stören. Er war ein bisschen eigen, aber ich mochte ihn trotz seiner Schrulligkeiten. Er und mein Vater waren Brüder und sie sahen einander auch ein bisschen ähnlich. Zum Beispiel hatten beide diese samtbraunen, gutmütigen Augen. Das Haar meines Vaters war zwar schon schütter, aber er war noch weit davon entfernt, mit einer Glatze durchs Leben laufen zu müssen.

Ich erkundigte mich nicht wieder nach dem jungen Mann von der Rennbahn. Dennoch war er plötzlich wieder bei uns. Wilfred zog die Augenbrauen grimmig zusammen und sprach als Erster von ihm.

»Eine Frechheit sondergleichen ist das«, sagte er. »Wieso kommt er zurück, als wäre überhaupt nichts geschehen? Kann ihn denn niemand daran hindern?«

Onkel Wolfgang betrachtete seine Zigarre. »Man wird etwas gegen ihn unternehmen,«

»Hat man denn keine Handhabe gegen ihn?«, wollte Tante Liz wissen.

»Man wird eine finden müssen«, sagte Jo.

Ich schaute neugierig in die Runde und hoffte mit meiner Frage endlich den richtigen Moment zu erwischen. »Wer ist dieser junge Mann?«

Tante Liz lehnte sich zurück, holte tief Luft, blickte mich nicht an, verriet mir aber endlich den Namen. »Pascal. Pascal Moor.«

Pascal Moor! Jetzt wusste ich, warum er mir nicht völlig fremd war. Ich hatte als Kind oft mit ihm gespielt. Wir waren sogar so etwas wie ein Liebespaar gewesen. Harmlos, unschuldig. Aber wir hatten uns geschworen, zu heiraten, sobald wir groß waren. ›Da sieht man wieder, was man von solchen Kinderschwüren halten konnte‹, dachte ich.

Gestern erkannte ich Pascal nicht einmal wieder. Er schien mich aber wiedererkannt zu haben. Wahrscheinlich hatte ich mich nicht so sehr verändert wie er. Pascal war im Haus der Arends immer gern gesehen gewesen. Wieso fanden sie ihn auf einmal so unausstehlich, dass es fast zwölf Stunden dauerte, bis sie seinen Namen aussprachen?

»Er hat hier im Ort nichts mehr zu suchen!«, sagte Onkel Wolfgang unerbittlich.

»Aber er ist doch hier aufgewachsen«, wagte ich einzuwerfen.

Wilfred sah mich an, als hätte ich ihm den Krieg erklärt. »Du weißt nicht, was geschehen ist.«

»Du kannst es mir gerne verraten«, erwiderte ich ärgerlich. »Was hat Pascal verbrochen? Welch eine schreckliche Schuld hat er auf sich geladen?«

Ich rechnete nicht damit, dass mir Wilfred darauf eine Antwort geben würde, aber er tat es und sie bestand nur aus einem Wort: »Mord!«

Mir war, als hätte mich jemand mit Eiswasser übergossen. Pascal Moor sollte ein Mörder sein? Niemals! Ich weigerte mich, diesen Unsinn zu glauben. Es war eine Ungeheuerlichkeit, Pascal sowas zu unterstellen. Ich hätte nicht übel Lust, meinem Cousin zu sagen, er sei verrückt. Er schien mir das anzusehen.

»Du glaubst mir nicht?«, fragte er.

»Nein«, sagte ich leidenschaftlich. »Pascal war immer ein anständiger, netter, sympathischer Junge.«

»Das liegt mindestens zehn Jahre zurück«, sagte Wilfred.

»Pascal ist kein Kind mehr. Er wurde mittlerweile ein Mann.«

»Ich bin sicher, sein Wesen hat sich nicht geändert«, verteidigte ich meinen ersten glühenden Verehrer. »Er ist charakterlich bestimmt immer noch so wie früher.«

»Leider irrst Du Dich, Cousinchen«, schaltete sich Jo in das Gespräch ein. »Pascal Moor hat sich total geändert. Aus dem Schaf wurde ein Wolf.«

»Ein Schaf im Wolfspelz«, fügte Wilfred hinzu. Die anderen sagte nichts, aber ich merkte, dass sie alle derselben Meinung waren. »Er sieht immer noch harmlos aus«, sagte Wilfred. »Aber er ist ein gefährlicher Einzelgänger geworden.«

Ich wollte wissen, wen Pascal angeblich umgebracht hatte.

»Werner Schüler«, sagte Wilfred. »Den reichsten Farmer hier im Ort. Kannst du dich an ihn erinnern?«

Ich schüttelte den Kopf. »Reich, unleidlich, habgierig. Obwohl er der größte Grundbesitzer im weiten Umkreis war, konnte er nie genug kriegen. Unersättlich war er. Keinen einzigen Freund hatte er im Ort, es gibt kaum jemanden, der diesen Mann nicht gehasst hat, aber deshalb wäre es keinem in den Sinn gekommen, ihn umzubringen. Moor hat es getan.«

»Und warum?«

»Schüler wollte das Land haben, auf das Moors Haus steht.« Jo fuhr fort: »Moor erklärte, er würde auf keinen Fall verkaufen, um keinen Preis. Da fing Schüler an, ihm das Leben schwer zu machen. Aber anstatt zur Polizei zu gehen, ging Pascal Moor den falschen Weg.«

Ich glaubte es weiterhin nicht. Meine Cousins konnten mir erzählen, was sie wollten. Für mich war Pascal kein Mörder. »Wenn er wirklich schuldig wäre, könnte er doch nicht frei im Ort umherlaufen«, sagte ich.

»Das ist ja die Schweinerei«, erklärte Onkel Wolfgang. »Es gab einen Zeugen - Pepe Hufmüller.«

»Pepe Hufmüller?«, fiel ich meinem Onkel ins Wort, obwohl er es nicht schätzte. »Du meine Güte. Soviel ich weiß, ist Hufmüller ein schwachsinniger Analphabet und ein Säufer noch dazu.«

»Hufmüller hat Moor gesehen«, sagte Onkel Wolfgang energisch. »Daraufhin holte man Pascal Moor aus seinem Haus und brachte ihn fort. Wir dachten nicht, ihn jemals wiederzusehen und plötzlich taucht er wieder auf, als sei nichts vorgefallen.«

»Man hat ihn sicher vor Gericht gestellt«, sagte ich.

»Das ist klar«, sagte Onkel Wolfgang, »aber irgendein verkalkter Richter muss ihn aus Mangel an Beweisen wieder auf freien Fuß gesetzt haben. Und nun lebt ein Mörder unter uns.«

»Kann es nicht sein, dass man Pascal den Mord in die Schuhe zu schieben versuchte?«, fragte ich.

Onkel Wolfgang blickte mich missmutig an. »Dieser Mann ist schuldig, so wahr ich Wolfgang Arend heiße! Wir wollen ihn nicht im Ort haben.«

»Ihr könnt ihm den Aufenthalt hier nicht verwehren.«

»Du hast keine Ahnung, was wir alles können, wenn wir zusammenhalten, Pam. Dieser Mann wird bald den ganzen Ort gegen sich haben. Wie lange, glaubst du, wird er das aushalten können?«

Ich war erschüttert. Pascal Moor wurde von meinen Verwandten verurteilt, obwohl das Gericht dazu nicht in der Lage gewesen war. Selbstherrlich stempelten sie ihn als Mörder ab und diesmal hatte Pascal keine Chance sich zu verteidigen. Denn was man gegen ihn vorbrachte, sprach man nicht in seiner Gegenwart aus und Onkel Wolfgang würde im Ort mit Sicherheit viele Gleichgesinnte finden. Ich hatte Mitleid mit dem jungen Mann.

Es lag in meinem Wesen, dass ich mich immer auf die Seite des Schwächeren stellte und das war in diesem Fall eindeutig Pascal Moor. Ein Idiot, ein Alkoholiker, hatte angeblich den Mord beobachtet. Ein Mann, dem sonst niemand etwas glaubte. Aber dieses eine Mal nahm man ihn für voll und seine Aussage sollte Pascal zu Fall bringen. Glück für Pascal, dass der Richter sie nicht gelten ließ. Er schien nicht so verkalkt zu sein, wie Onkel Wolfgang behauptete. Dennoch sprachen die Arends den Freigesprochenen das Recht ab, mit ihnen im Dorf wieder zu leben. Das Dorf gehörte nicht nur ihnen. Es gehörte genauso Pascal Moor, auch er war ein Teil davon.

Ich hatte gestern den Eindruck gehabt, sein Blick sei traurig gewesen. Ich hatte mich nicht geirrt. Jetzt wusste ich, dass er in diesem Ort seines

Lebens nicht mehr froh werden würde. An seiner Stelle hätte ich das Dorf verlassen, aber das kam für ihn wahrscheinlich nicht in Frage und ich konnte das sogar verstehen. Er pochte auf sein Recht, im Dorf leben zu dürfen. Wäre er fortgegangen, hätte man es ihm vielleicht als Flucht oder Schuldbekenntnis ausgelegt. Wahrscheinlich war es richtiger, zu bleiben und zu kämpfen.

»Übrigens«, sagte Jo, während er die Stoffserviette mit großer Sorgfalt zusammenlegte. »Kurz bevor ich ins Bett ging, glaubte ich, Pascal zwischen den Bäumen stehen zu sehen.«

Wilfred stieg die Zornesröte ins Gesicht. »Er war hier?«

»Ich bin nicht sicher«, sagte Jo.

Da er es aber auch sagte, war ich davon überzeugt, kein Trugbild gesehen zu haben.

»Du hättest sofort zu mir kommen sollen!«, sagte Wilfred aggressiv.

»Was hättest du getan?«, wollte Jo wissen.

»Ich hätte ein Gewehr genommen und ...«

Mich fröstelte es, obwohl Wilfred nicht weiter sprach. Ich war davon überzeugt, dass er ohne mit der Wimper zu zucken auf Pascal geschossen hätte. War das dann kein Mord? In Wilfreds Augen nicht, denn er glaubte, das Recht zu haben, Pascal wie einen tollwütigen Hund zu erschießen zu können.

Kapitel 3

Ich hatte meine Verabredung mit Lenny Hupe fast vergessen. Erst als er vor dem Haus hupte, fiel es mir wieder ein. Es war früher Nachmittag und ich lag auf meinem Bett und las in einem Buch, weil ich niemanden sehen wollte. Lenny war natürlich eine Ausnahme. Auch er war früher mein Freund gewesen, war es noch - genau wie Pascal. Der Unterschied zwischen den beiden heute, dass man in Pascal einen Mörder sah, während man Lenny achtete, weil er Polizist war. Lenny kam ins Haus.

Kim klopfte an meine Tür. »Pam! Lenny ist da.«

»Ich weiß, ich komme sofort.« Rasch klappte ich das Buch zu, legte es auf den Nachttisch und zog mich um. Drei Minuten benötigte ich nur. Eine Rekordzeit, mit der Lenny zufrieden sein konnte. Kim unterhielt sich mit ihm im Salon, als ich hinunterkam. Groß, schwarzhaarig, muskulös war Lenny Hupe. Er sah großartig aus und ich wusste, dass er mit Kim mal eng befreundet gewesen war. Irgendetwas schien dann aber schief gelaufen zu sein und seither erhob Kim keinen Anspruch mehr auf diesen jungen Polizeibeamten. Ich konnte das, was sie abgelegt hatte, gerne haben. Nun, ich hatte nicht vor, meiner Cousine nachzueifern und das wusste Lenny auch. Ich sah ihn nur gern und es war nett, sich mit zu unterhalten. Ich glaube, mehr wollten wir beide nicht. Jedenfalls behauptete das durch die Blume auch Lenny. Ob er die Wahrheit sagte, wusste ich nicht. Immerhin war er ein Mann.

»Hallo Pam«, sagte er und wandte sich zu mir. »Schön dich zu sehen. Ich hätte dich beinahe versetzen müssen. Ein Kollege wurde krank, aber zum Glück fand sich jemand anderes, der für ihn einsprang.«

Ich sagte ihm nicht, dass ich nicht mehr an die Verabredung gedacht hatte. Das hätte ihm bestimmt nicht gefallen. Das Selbstwertgefühl von Männern ist ja so leicht verletzbar.

»Freut mich, dass du gekommen bist«, sagte ich.

»Gehen wir?«, fragte Lenny.

»Okay.«

»Ich wünsche euch viel Spaß - bei allem, was ihr vorhabt«, meinte Kim und kicherte.

Es würde nicht allzu viel passieren. Die Garantie konnte ich übernehmen. Wir verließen das Haus. Draußen stand Lennys Ford Escort. Er hatte das Auto gebraucht gekauft, für einen Neuwagen reichten seine Ersparnisse nicht. Die Tür ächzte, als er sie für mich öffnete.

»Hier ruft jemand nach Öl«, sagte Lenny und grinste. Er schwang sich hinter das Lenkrad, startete aber noch nicht, sondern schaute mich prüfend an.

»Kim hat ein loses Mundwerk, nicht wahr?« Ein Blick in sein Gesicht verriet mir schon vorab seine Gedanken.

»Was sie sagte, ist mir peinlich.«

Ich winkte ab. »Du darfst sie nicht so wichtig nehmen.«

»Hast Du einen besonderen Wunsch?«, wollte Lenny wissen.

»Wie sehen deine Vorschläge aus?«

»Wir können zuerst ein bisschen spazieren gehen und uns anschließend einen Film ansehen.«

Ach ja, seit einem Jahr hatte das Dorf ein Kino. »Was zeigen sie denn heute?«

»Einen Gruselklassiker«, erklärte mein Begleiter.

»Ich liebe Gruselfilme.«

Lenny fuhr nicht weit, nur bis zu einem alten Sägewerk, das noch in Betrieb war. Dort ließ er den Wagen stehen und wir spazierten durch eine üppige Heidelandschaft mit hohen Gräsern und bunten Blumen. Es ergab sich, dass wir wieder von früher sprachen. Unsere Streiche fielen uns ein und wir lachten herzlich. Zwangsläufig drängte sich auch Pascal in unser Gespräch. Als sein Name fiel, sagte

Lenny eine Weile nichts. Dann richtete er seinen Blick in die Ferne und meinte: »Pascal ist wieder hier.« Er nahm an, dass ich Pascals Geschichte bereits kannte.

»Ich weiß«, sagte ich. »Ich habe ihn gestern gesehen.« Zweimal hätte ich beinahe gesagt.

»Wo?«, wollte Lenny wissen.

»Auf der Windhundrennbahn. Wir waren alle da. Als ich Pascal bemerkte - ich muss gestehen, dass ich ihn nicht wieder erkannte - bestand Onkel Wolfgang darauf, dass wir nach Hause gingen. Mir kommt es so vor, als sähen meine Verwandten in Pascal einen Aussätzigen.«

»Nicht nur Familie Arend«, sagte Lenny.

»Und wie stehst du zu ihm?«, fragte ich neugierig.

»Neutral. Ich bin Polizist.«

»Du kennst Pascal besser als ich«, sagte ich. »Kannst du dir vorstellen, dass er jemanden umbringt?«

»Nein! Aber Pepe Hufmüller will es gesehen haben.« Lenny war es nicht recht über das Thema zu sprechen.

»Wir wissen beide, was man von Pepes Aussage halten kann und wessen Geistes Kind dieser Mann ist, Lenny. Onkel Wolfgang wird einige Hebel in Bewegung setzen, damit Pascal das Bleiben unmöglich wird. Kannst Du nichts für Pascal tun? Du bist doch Polizist. Wer hat Pascal festgenommen? Warst du dabei?«

»Nein, glücklicherweise hatte ich meinen freien Tag.«

»Du hättest es aber getan, wenn ...«

»Befehl ist Befehl«, sagte Lenny. Er riss einen Halm ab, schob ihn zwischen seine Zähne und kaute daran.

»Das solltest du nicht tun«, sagte ich und nahm ihm den Halm weg.

»Warum nicht?«, fragte er.

Ich zuckte mit den Schultern. »Angeblich kann man krank werden.«

»Pascal war damals sehr verliebt in dich«, sagte Lenny lächelnd.

»Und ich in ihn.«

»Tatsächlich? Das ist mir neu. Magst Du ihn immer noch?«, wollte mein Begleiter wissen.

»Vielleicht? Kannst du Pascal helfen?«

»Ich bin leider noch nicht der Polizeichef, auf mich hört niemand. Ich bin nur ein kleines Rädchen, das sich zu drehen hat, wenn die anderen es wollen. Ich wüsste nicht, wie ich Pascal helfen könnte.«

»Du kennst doch im Dorf so gut wie jeden und du vertrittst das Gesetz. Die Leute würden bestimmt auf dich hören. Sprich mit ihnen. Sag ihnen, sie sollen sich nicht um Pascal kümmern.«

»Das darf ich nicht.«

»Hör mal, es muss doch für alle von Interesse sein, dass es im Ort ruhig bleibt. Stell dir vor, Onkel Wolfgang gelingt es, ein paar Gleichgesinnte aufzuwiegeln. Einige von ihnen besitzen Waffen. Die könnten eine private Hetzjagd auf Pascal veranstalten. Wärst Du dann in der Lage, diesen Leuten noch Einhalt zu gebieten?«

Lenny hob einen Stein auf und warf ihn weit fort. »Warum musste Pascal zurückkommen?«

»Er ist hier geboren, in diesem Dorf mit dir und den anderen, die ihn jetzt nicht mehr hier haben wollen, aufgewachsen«, sagte ich leidenschaftlich.

»Er hat sein Haus hier im Dorf. Er könnte es verkaufen und fortgehen. In der Großstadt würde sich kein Mensch um ihn kümmern. Du weißt das, du wohnst ja selbst da.«

»Ja, aber warum soll Pascal fortlaufen? Er hat nichts verbrochen.«

»Das behauptest du. Und er. Und der Richter, der ihn wieder auf freien Fuß setzte. Man ließ ihn nur frei, weil Pepes Aussage vor Gericht nicht zugelassen wurde«, stellte Lenny richtig.

»Das heißt nicht gleichzeitig, dass er tatsächlich unschuldig ist. Immerhin hat Pepe Hufmüller ihn gesehen. Ob der Mann nun schwachsinnig ist oder nicht ...«

»Ich gebe zu, dass Hufmüller jemanden gesehen hat. Das kann durchaus sein. Aber der Täter war mit Sicherheit nicht Pascal. Freunde wie dich wird Pascal nun dringend nötig haben«, sagte Lenny.

»Und wie steht es mit dir?«, fragte ich. »Kann dich Pascal auch noch zu seinen Freunden zählen, wenn er Hilfe braucht?«

»Ich bin Polizist, Pam.«

»Versteck dich nicht dahinter, Lenny. Auf wessen Seite stehst du? Du bist nicht nur Polizist, sondern auch Privatmann. Jetzt zum Beispiel.«

»Im Grunde genommen bin ich auch jetzt Polizeibeamter. Ich bin im Augenblick nur nicht im Dienst. Pascal ... kann nur so lange auf mich zählen, solange ich mit meinem beruflichen Interesse nicht in Konflikt komme.«

»Dein Beruf ist dir also wichtiger als eine Freundschaft.«

»Herr Gott nochmal, versuche mich zu verstehen, Pam. Ich habe einen Beruf, den ich sehr ernst nehme. Und ich möchte etwas werden. Vielleicht ist das deiner Ansicht nach eine verwerfliche Einstellung, aber ich möchte der Frau, die ich einmal heiraten werde, etwas bieten können. Sie soll stolz auf mich sein können und ...«

»Glaubst du, sie kann auf einen Mann stolz sein, der seinen Freund um seiner Karriere willen verraten hat?«, fragte ich mit belegter Stimme.

»Das ist nicht fair, Pam«, sagte Lenny wütend. »Ich möchte eine Familie gründen, Ansehen genießen und aus meinen Kindern soll etwas Besonderes werden.«

»Und das alles baust du auf den Schultern deines armen Freundes auf.«

»Du verstehst mich nicht«, sagte Lenny und seufzte. »Ich vertrete im Ort das Gesetz, und wenn jemand das Gesetz verletzt, werde ich einschreiten. Das heißt, dass es keine private Jagd auf Pascal geben wird, denn das ist ungesetzlich. Aber sehr viel mehr kann ich für unseren Freund - so leid es mir tut - nicht tun. Er sollte nicht so versessen darauf sein, im Ort zu bleiben. Wenn ich in eine Gesellschaft gerate und merke, dass mich keiner mag, geh ich auch wieder.«

»Das ist etwas anderes«, sagte ich.

»Finde ich nicht.«

»Wir kehren um.« Ich hatte keine Lust mehr, mit Lenny ins Kino zu gehen. Auch ihm war es lieber, mich zu Hause abliefern zu können. Er hatte nichts dagegen einzuwenden, als ich ihm den Vorschlag machte. Unsere Beziehung kühlte merklich ab und Pascal war schuld daran. Was würde man Pascal noch alles anlasten? Die Menschen können sehr hartherzig, ja manchmal grausam sein, wenn sie sich in eine Idee verrannt haben. Wie waren sie zu bewegen, ihren Irrtum einzusehen.

Kim war erstaunt, mich sobald schon wieder zu sehen.

»Hat irgendetwas nicht geklappt?«, fragte sie lächelnd.

Lenny ist der netteste Polizist, den ich kenne. Das bestritt ich nicht. Ich redete mich auf eine leichte Unpässlichkeit hinaus und zog mich in mein Zimmer zurück. Doch ich war nicht lange allein. Wilfred erschien.

Er klopfte, öffnete die Tür, steckte lächelnd den Kopf herein und fragte: »Ist es erlaubt? Darf ich hereinkommen?«

»Du bist ja schon drinnen«, erwiderte ich nicht gerade besonders freundlich, aber das störte meinen Cousin nicht. Er hatte eine dicke Haut.

Laut ausatmend ließ er sich in einen bunt gemusterten Sessel fallen und streckte alle viere von sich. »Gefällt dir dein Zimmer?«

»Sehr gut«, antwortete ich. Ich wusste, dass er nicht gekommen war, um mich das zu fragen. Es war als Teil einer Einleitung zu sehen. Auf den

Kern würde er später kommen und ich wusste, es würde ein langer Vortrag werden.

»Mutter und Kim haben sich sehr viel Mühe gegeben, dir dieses Zimmer so wohnlich wie möglich zu gestalten. Wir sind alle sehr froh, dich nach so langer Zeit wieder einmal länger bei uns zu haben. Vater ist begeistert von dir, dass Kim manchmal denkt, Grund zu haben, eifersüchtig zu sein. Wir haben dich alle sehr in unser Herz geschlossen. Das gilt auch für mich, wenn ich es nicht immer so zeigen kann. Im Allgemeinen spreche ich nicht gerne über meine Gefühle.«

»Warum tust du es dann heute?«, fragte ich.

Er ließ die Arme pendeln. »Vielleicht möchte ich, dass du weißt, wie ich zu dir stehe. Solltest du mal Probleme haben - egal welches -, ich bin immer für dich da.«

Ich nickte. »Danke.« Und mein Blick fragte: ›Sonst noch was?‹

Er suchte nach passenden Worten. »Wir Arends halten sehr viel von echtem Familienzusammengehörigkeitsgefühl. Da schließe ich dich und deine Familie voll mit ein. Einer für alle, alle für einen, so lautet unsere Devise. Ein Arend weiß, dass er sich auf den anderen verlassen kann und das ist ein beruhigendes Gefühl. Findest du nicht auch? Wenn ich in einem Monat zu euch nach Berlin kommen würde, wüsste ich, dass ihr mich mit der gleichen Herzlichkeit und Gastfreundschaft aufnehmen würdet, wie wir dich aufgenommen haben. Ich finde das großartig. Das ist bei Gott keine Selbstverständlichkeit. Es gibt Familien, da tut jeder, was ihm in den Kram passt, ohne sich um den anderen zu kümmern. Sie sind zerstritten, die Frauen beschimpfen sich, die Männer prügeln oder bekriegen sich bis aufs Messer … da lobe ich mir unsere Familie. Friede und Eintracht herrschen in den Reihen der Arends. So war es und so soll es immer bleiben. Ich bin sehr stolz, ein Arend zu sein. Wir alle können stolz darauf sein, diesen Namen zu tragen.«

Seine Einleitung dauerte mir doch nun etwas zu lange, deshalb ließ ich meine Ungeduld erkennen, indem ich laut seufzte.

»Ich hoffe, ich halte dich von nichts ab«, sagte Wilfred. »Es war mir ein Bedürfnis, mich mal mit dir allein zu unterhalten. Zumeist hat dich ja Kim unter ihrer Fittiche. Und wenn sie dich in Ruhe lässt, sind Mutter und Vater dran. Oder mein lieber Bruder Jo und der arme Wilfred steht auf der Warteliste.«

»Nun kommt der arme Wilfred auch mal zum Zug«, sagte ich.

Er grinste. »Tja, warum immer die anderen, nicht wahr? Wilfred möchte auch mal was von seiner hübschen Cousine haben ... Lenny mag dich sehr. Uns verbindet eine lange Freundschaft. Ich erinnere mich, dass er kein besonders hübscher Junge war. Immer lief ihm die Nase, immer war er schmutzig. Er hat sich zu einem hervorragend aussehenden Junggesellen gemausert. Die Mädchen fliegen auf ihn. Aber als er hörte, du würdest kommen, war ihm keine mehr schön genug. Er wartete voller Ungeduld auf Pam Arend. Hat er dir das gestanden?«

»Nein.«

Wilfred lachte: »Er ist ein bisschen schüchtern.« Er schüttelte den Kopf. »Ein schüchterner Polizist. Das ist eine Rarität. Die Frau, die ihn einmal zum Mann bekommt, kann sich glücklich schätzen. Er ist ein grundsolider, anständiger Bursche. Darf ich dir eine heikle Frage stellen? Könntest du dir vorstellen, deine jetzige Heimat zu verlassen und hier im Ort zu wohnen? Mit einem Mann, mit Kindern? Deine Eltern zogen in die Stadt, als du ein Jahr alt warst. Eigentlich würdest du zu deinen Wurzeln zurückkehren.«

»Was ist der langen Rede kurzer Sinn, Wilfred?«, fragte ich kühl. »Hat dich Lenny gebeten, für ihn bei mir um die Hand anzuhalten?«

Mein Cousin lachte. »Aber nein, wo denkst du hin? Ich mische mich doch nicht in anderer Leute Angelegenheiten. Wenn mich Lenny um so etwas gebeten hätte, hätte ich ihm geantwortet: Mein lieber Lenny, so leid es mir tut, aber da musst du dich schon selbst bemühen.«

»Warum legst du mir Lenny so warm ans Herz?«

»Tue ich das? Ich wollte mich nur mit dir über ihn unterhalten. Aber wenn dir dieses Thema nicht angenehm ist, können wir gern über etwas anderes sprechen.«

Ich packte den Stier bei den Hörnern. »Über Pascal Moor vielleicht?«, fragte ich.

Wilfred zuckte kaum merklich zusammen. »Das ist kein Thema in diesem Haus«, erklärte er frostig.

»Du bist noch nie gut mit ihm ausgekommen.«

»Ich kann ihn nicht ausstehen«, gab Wilfred zu.

»Warum nicht? Er hat dir bestimmt nie etwas getan.«

»Es gibt eben Menschen, die sind einem von Haus aus nicht sympathisch. Heute weiß ich, warum ich immer eine Abneigung gegen ihn hatte. Es ist eben nicht jedermanns Sache, der Freund eines Mörders zu sein.«

»Das ist nicht bewiesen, Wilfred. Sei vorsichtig mit deinen Äußerungen. Pascal könnte dich gerichtlich belangen.«

Mein Cousin lächelte unbekümmert. »Um die Anrede meines Bruders zu gebrauchen … mein liebes Cousinchen, ich habe keine Angst vor diesem herumstreunenden Bastard. Ich fürchte mich weder vor Pascal Moor noch sonst jemanden und ich sage das, was mir passt … ich glaube nicht, dass uns diese Plage lange beschäftigen wird. Wir werden das Problem ›Moor‹ bald gelöst haben, und dir kann ich nur den gutgemeinten Rat geben, immer daran zu denken, dass du eine Arend bist.«

»Eine Arend ist linientreu, nicht wahr?«, sagte ich angriffslustig. »Wolfgang Arend setzt die Richtung fest und von diesem Kurs hat kein Arend abzuweichen. Tut mir leid, Wilfred, aber da marschiere ich nicht mit. Ihr seid mit Blindheit geschlagen und ich will nicht, dass eure Unvernunft Pascal Moor zum Verhängnis wird. Darf ich dich jetzt bitten, mich alleine zu lassen?«

Wilfred erhob sich. Er lachte. »Du bist ein recht leidenschaftliches Persönchen, Pam. Das imponiert mir. Ich nehme dir nicht übel, dass du anderer Ansicht bist als wir. Du kannst auch ruhig bei deiner Meinung bleiben. Ich möchte dich in diesem Fall aber bitten, dich aus dieser Angelegenheit rauszuhalten. Es wäre sehr bedauerlich, wenn dir etwas zustoßen würde, nicht wahr?«

Das war eine Drohung, die mich wütend machte. Ich hätte meinem Cousin am liebsten etwas an den Kopf geworfen, blickte mich auch nach einem geeigneten Gegenstand um, doch Wilfred zog es vor, rechtzeitig das Feld zu räumen und ich war ihm dafür dankbar.

Kapitel 4

Ab und zu schrie ein Käuzchen und ich kroch ein bisschen tiefer unter die Decke, obwohl mir bewusst war, dass ich keine Angst zu haben brauchte. ›War ich nach diesem Gespräch mit Wilfred noch gern gesehener Gast in diesem Haus?‹

Hatte ich mich mit meiner klaren Stellungnahme nicht mit meinen Verwandten verfeindet? Wilfred hatte das garantiert nicht für sich behalten, sondern brühwarm weitererzählt. Aber sollte ich mithelfen, einem unschuldigen Freund unrecht zu tun, weil mein Name Arend war? Das konnte niemand von mir verlangen. Recht muss Recht bleiben ...

Gespenstische Geräusche gingen durch das alte Haus. Ich versuchte sie zu ignorieren, aber das war nicht einfach. Hörte ich Schritte? Nicht im Haus, sondern draußen. Ich konzentrierte mich darauf. Gestern Nacht hatte dort Pascal gestanden. War er heute wiedergekommen? Was wollte Pascal? Warum hatte er mich auf der Windhundrennbahn so merkwürdig angesehen? Ich blickte zum offenen Fenster. Die weißen Gardinen bauschten sich geisterhaft auf, wölbten sich mir entgegen, als wollten sie mich holen, aber sie konnten mich nicht erreichen.

Plötzlich bildete sich auf einem Vorhang so etwas wie ein Punkt. Es hätte auch eine Kinderfaust sein können, die gegen den hauchdünnen Stoff schlug. Und dann fiel etwas Hartes auf den Boden. Nervös richtete ich mich auf. Was war das gewesen?

Hatte jemand einen Gegenstand in mein Zimmer geworfen? Ich setzte mich auf und entdeckte etwas Weißes, das einem Schneeball ähnelte. Aber es war nicht die richtige Jahreszeit für Schneebälle. Unschlüssig saß ich im Bett. Es verging schätzungsweise eine halbe Minute, bis ich mich entschloss, das Bett zu verlassen und mir den weißen Gegenstand anzusehen. Mit nackten Füßen und wehendem, raschelnden Nachthemd schlich ich durch den dunklen Raum. Der Gegenstand entpuppte sich als ordinärer Stein, der in ein Stück weißes Papier gewickelt war. Ich wickelte den Stein aus und trat in den Schein des fast vollen Mondes. Mit einem dicken Faserschreiber waren nur wenige Worte auf das Papier geschrieben worden. Ich konnte sie sehr gut lesen: ›Komm bitte herunter. Ich möchte dich sehen. P.M.‹

Pascal wollte mich sehen. Wollte ich ihn auch sehen? Er hatte Schwierigkeiten und in den nächsten Tagen würden sie zunehmen. Wenn ich ihn nicht nur verbal verteidigte, sondern mich entschieden auf seine Seite stellte, würden seine Schwierigkeiten auch meine werden. Ich war hergekommen, um Urlaub zu machen, mich zu erholen, mit netten Verwandten zusammen zu sein. Doch plötzlich waren diese Verwandten nicht mehr so nett. Sie waren im Begriff, Unrecht zu tun und mich forderte Pascal Moor mit diesem durch das Fenster geworfenen Stein auf, klare Stellung zu beziehen. Es ist leichter zu reden, als zu handeln ...

Ich schob die Gardine vorsichtig zur Seite und blickte in die schwarze Nacht hinaus. Irgendwo dort unten wartete Pascal auf mich. Wenn ich nicht kam, würde ich ihn bitter enttäuschen. Wenn ich seiner Aufforderung Folge leistete, konnte es geschehen, dass mir meine Verwandten ihre Gastfreundschaft aufkündigten.

Mit anderen Worten, es war durchaus denkbar, dass mich Onkel Wolfgang und seine Familie an die Luft setzten. Und meine Eltern würden einen Anruf bekommen, über den sie nicht sonderlich erfreut sein würden.

Pascal Moor ... der einsamste Mensch der Welt. Er wartete auf mich, hatte keinen einzigen Freund mehr. Alle hatten sich von ihm abgewandt. Ich durfte ihn jetzt nicht auch noch enttäuschen. Vielleicht brauchte er Hilfe. Vielleicht konnte ich ihm helfen.

Unsere dummen Kinderschwüre fielen mir ein: ›Ich werde immer dein Freund sein!‹, hatte Pascal gesagt. ›Bis in alle Ewigkeit.‹

Und ich, seine Freundin, hatte erwidert: ›Noch viel, viel länger. Solange ich lebe. Und wenn wir groß sind, werde ich dich heiraten.‹

Er hatte mir damals seine kleine Hand gegeben und mich zaghaft auf den Mund geküsst. Den Ort, an dem es passierte, würde ich heute nicht mehr finden. Es war irgendwo im Wald gewesen und mein junges Kinderherz hatte ganz wild geschlagen.

Pascal hatte das Ganze mit Blut besiegeln wollen, wie es die Indianer taten, doch hatte ich abgelehnt. Ich wollte nicht, dass er mir weh tat, konnte auch kein Blut sehen. Ich sagte ihm, es würde auch anders gehen, riss einen Weidenzweig ab und band unsere linken Arme zusammen, Pascal war damit zufrieden gewesen.

›Vielleicht hätten wir es damals doch mit Blut besiegeln sollen, dann würde ich heute nicht so lange zögern‹, ging mir durch den Kopf. Und plötzlich wusste ich, dass ich Pascals Ruf folgen musste. ›Ich komme, Pascal!‹, dachte ich und trat vom Fenster zurück. Rasch bückte ich mich, griff nach dem Saum meines Nachthemdes, hob ihn hoch und zog diesen über den Kopf - und dann flatterte der weiche, durchsichtige Stoff schon aufs Bett. Hastig zog ich mich an. Wieder schaffte ich eine Rekordzeit. Diesmal für Pascal. Ich schlüpfte zuletzt in die Schuhe und schlich auf Zehenspitzen zur Tür.

Die Stille im Haus war so unheimlich, dass ich meinte, es würde gleich jemand aus dem Dunkel hervortreten und mir den Weg versperren. Eine innere Stimme riet mir, umzukehren. Sie sagte, ich brauchte mich doch an die unsinnigen Versprechungen von einst nicht gebunden zu fühlen. Aber ich wollte es. Ich wollte zu Pascal, ihn wiedersehen, mit ihm sprechen, aus erster Hand erfahren, was sich kürzlich im Ort zugetragen hatte.

Keine Antwort. Hatte es zu lange gedauert, bis ich aus dem Haus kam? Hatte Pascal die Geduld verloren? ›Himmel noch mal, ich musste doch vorsichtig sein‹, ärgerte ich mich. ›Was hast du von mir erwartet? Dass ich gleich aus dem Fenster springe? Ich musste mich erst anziehen und habe mich schon beeilt.‹

Mich fröstelte es leicht und ich rieb meine Arme, um Wärme zu erzeugen. Konnte Pascal nicht länger bleiben? War er von einem Arend entdeckt worden? Hielt Onkel Wolfgang oder einer seiner Söhne Wache? »Pascal, wo bist du?«

Blätter raschelten leise und ich drehte mich nervös um, doch niemand kam auf mich zu. Eine halbe Minute später legte sich eine Hand auf meine Schulter, mir blieb vor Schreck fast das Herz stehen.

Ich zog die Luft laut ein, als ich herumfuhr. Anscheinend befürchtete Pascal, das ich einen erschrockenen Schrei ausstoßen könnte, denn seine Fingerspitzen berührten meine Lippen und er machte: »Pst!«

Mit großen Augen schaute ich ihn an. Ich war wieder mit meinem guten alten Freund Pascal zusammen. Eigentlich hätte ich mich über dieses Wiedersehen sehr freuen müssen, doch die Umstände ließen keine Freude aufkommen. Ich traf mich heimlich mit einem jungen Mann, den alle für einen Mörder hielten. Alle, außer mir. Ich wäre sonst nicht aus dem Haus gekommen.

»Pascal«, hauchte ich, als sich seine Finger von meinen Lippen lösten.

»Pst«, machte er wieder, »komm.« Er griff nach meiner Hand und zog mich ein Stück in den Wald hinein. Mir kam die ganze Situation unwirklich vor. Pascal und ich hätten keinen Grund haben dürfen uns zu verstecken. Aber wir taten es, als hätten wir etwas ausgefressen. Wie die Komplizin eines gesuchten Verbrechers kam ich mir vor. Aber das passte nicht zu uns. Wenn alle Menschen auf der Welt so gewesen wären, wie Pascal und ich, hätte es keine Polizei geben brauchen.

Ein innerliches Beben erfasste mich. Ich war Pascal ganz nahe und konnte dennoch sein Gesicht nicht genau erkennen. Ich hätte gern mehr davon gesehen und Vergleiche mit dem Gesicht angestellt, das in meiner Erinnerung haften geblieben war. Ich glaubte, ihn lächeln zu sehen, strengte meine Augen an.

»Es war eine große Freude für mich, dich auf der Hunderennbahn wieder zu sehen«, sagte er.

»Ich habe dich nicht erkannt. Du hast dich sehr verändert.«

»Du nicht. Du siehst noch fast genauso aus wie früher.« Sein Blick war so traurig.

»Inzwischen kenne ich den Grund.«

»Danke, dass Du trotzdem aus dem Haus gekommen bist«, sagte Pascal.

Ich lehnte mich an den rissigen Stamm eines Baumes. »Du warst gestern Nacht auch hier«, bemerkte ich. »Ich habe dich gesehen.«

»Ja, aber ich hatte nicht den Mut, dich aus dem Haus zu bitten. Ich kann das Gefühl nicht beschreiben, dass ich empfand, als ich dich auf der

Rennbahn sah. Pam, meine liebste, beste Freundin ist im Ort, dachte ich. Ich hätte so gern mit dir gesprochen, aber ich wusste, dass es deine Verwandten nicht zugelassen hätten. Es genügte ihnen, mich zu sehen und schon verließen sie die Bahn.« Er lachte gallig. »Ich habe ihnen den schönen Nachmittag gründlich verdorben, nicht wahr?«

»Sie waren ziemlich aufgebracht«, sagte ich.

»Wie kann es einer wie ich es wagen, hierher zurückzukehren und sich auch noch in aller Öffentlichkeit zu zeigen?«

»So ungefähr entrüsteten sie sich.«

»Sie werden sich mit meiner Anwesenheit abfinden müssen, denn ich habe nicht vor, diesen Ort zu verlassen.«

»Onkel Wolfgang will etwas gegen dich unternehmen«, sagte ich.

»Das war zu erwarten, ihr Zuhause soll sauber bleiben. Hier ist kein Platz für einen Mörder. Du wirst lachen, darin stimme ich mit deinem Onkel über ein. In diesen Ort sollte kein Mörder frei herumlaufen.«

»Du musst durch eine schreckliche Hölle gegangen sein, Pascal«, sagte ich teilnahmsvoll.

»Ein Ende ist nicht abzusehen. Ich fürchte, es kommt noch schlimmer. Es war bequem, sofort einen Täter zu haben, doch nun passt es den Leuten nicht, dass es dem Richter nicht möglich war, mich zu verurteilen. Vielleicht kommen einige auf die glorreiche Idee, selbst Richter zu spielen.«

»Ich habe mit Lenny gesprochen, wollte, dass er sich für dich einsetzt. Er sagt, er kann nichts für dich tun.«

»Lenny hat nur seine Karriere vor Augen. Er unternimmt nichts, womit er sich schaden könnte«, sagte Pascal.

»Aber es ist doch nicht richtig, dass er mit den Wölfen heult. Er müsste objektiv sein.«

»Das ist er. Er kann es sich nicht leisten, für mich Partei zu ergreifen, sonst ist er bei den Dorfbewohnern unten durch ... es tut gut, dich wiederzusehen«, gab Pascal von sich. »Ich wusste, dass du dich nicht auch noch von mir abwenden würdest. Ich brauche einen Menschen, mit dem ich reden kann.«

»Ich kann mir vorstellen, dass du jetzt sehr einsam bist«, meinte ich.

»Oh ja, Pam, das bin ich. Aber ich habe ein reines Gewissen. Glaubst du mir das?«

»Wäre ich sonst hier?«

»Entschuldige. Es war eine dumme Frage. Du bist die Einzige, die mir glaubt.«

»Ich kenne dich und weiß, dass du keiner Fliege etwas zu Leide tun kannst«, erklärte ich ehrlich.

»Aber ich werde zurückschlagen, wenn man mich schlägt«, knirschte Pascal. »Ich halte denen nicht auch noch die andere Wange hin.«

»Du wirst bald das ganze Dorf gegen dich haben.«

»Das ist bereits der Fall. Die Leute wissen nur noch nicht, was sie gegen mich unternehmen sollen, aber ich bin sicher, es wird ihnen etwas einfallen.«

»Wäre es nicht vernünftiger nachzugeben, Pascal?«

»Das kommt nicht in Frage«, sagte er energisch. »Ich habe nichts verbrochen, habe das gleiche Recht wie alle anderen im Dorf zu wohnen.«

Ich hatte gewusst, dass er das sagen würde. Pascal konnte als Kind schon Ungerechtigkeiten nicht ausstehen. Ganz wütend machten sie ihn. Mir fiel ein Spruch ein, der mich beruhigte: ›Viele Hunde sind des Hasen Tod.‹ Wie wollte Pascal gegen ein ganzes Dorf vorgehen? War dieses Unterfangen nicht von Anfang an zum Scheitern verurteilt? Nie hätte ich gedacht, dass aus meinem Pascal einmal eine tragische Figur werden würde.

»Ich würde dir gern irgendwie helfen, Pascal«, wisperte ich ihm zu.

»Lass das lieber sein«, erwiderte er. »Es genügt mir, zu wissen, dass du nicht gegen mich bist. Das gibt mir Auftrieb. Und du würdest mir eine unsagbare Freude bereiten, wenn ich dich ab und zu heimlich sehen und mit dir sprechen dürfte.«

Ich berührte mit meiner Hand seinen Arm. Tränen drückten auf meine Stimme, als ich ihm versicherte: »Ich werde immer für dich da sein, Pascal. Was immer geschieht, du kannst auf mich zählen.«

Wir schwiegen eine Weile. Es war fast so wie damals.

Das stimmte nicht. Damals hatten wir einander auch einiges versprochen, aber Pascal hatte nicht den ganzen Ort gegen sich gehabt. Die Situation war heute besorgniserregend, Pascals Zukunft ungewiss. Es war dumm von mir, dass ich mir in diesem Augenblick wünschte, Pascal würde mich in seine Arme nehmen. Er hatte andere Sorgen, als das zu tun.

»Pascal ...«, fragte ich gepresst, »was ist damals wirklich passiert?«

»Schüler, dieser fette, alte, habgierige, Geizkragen«, begann Pascal, »im Allgemeinen spricht man nicht schlecht über Tote, denn sie können sich nicht mehr verteidigen, aber über Schüler kann man nichts Gutes sagen. Es sei denn, man würde lügen. Gierig streckte er nach allem, was er haben wollte, die Finger aus. Und wenn er etwas nicht kriegen konnte, wurde er ungenießbar, gehässig und gemein.«

»Ich hörte, er wollte dein Haus haben und das Land, auf dem es steht«, sagte ich.

»Ja, aber ich machte ihm mehrmals unmissverständlich klar, dass er sich das aus dem Kopf schlagen könne, ich wäre niemals bereit an ihn zu verkaufen.«

»Was hat er getan?«, wollte ich wissen.

»Er begann mit seiner Politik. Werner Schüler kannte hunderte von Möglichkeiten, einem Menschen das Leben schwer zu machen, und er wandte eine nach der anderen bei mir an. So lange, bis ich mir sagte, das Maß sei voll. Da ging ich dann zu ihm und brüllte ihn zusammen, dass die Fensterscheiben klirrten. Aber er grinste nur überheblich und sagte, er sei sehr zuversichtlich, mich schließlich doch noch klein zu kriegen. Es war nur eine Frage der Zeit. Er hätte bisher immer erreicht, was er wollte. Ich drohte ihm und zeigte ihm meine Fäuste, die er zu spüren kriegen würde, wenn er mich nicht in Frieden ließ, aber er lachte mich aus. Gott wie hat er gelacht. Ich habe es immer noch in meinen Ohren. Das machte mich so rasend, dass ich blindwütig auf ihn einschlug. Als ich wieder halbwegs zu mir kam, lag er auf dem Boden und rührte sich nicht mehr. Aber er lebte, ich schwör's.

Er lebte. Ich zerrte ihn hoch, warf ihn in einen Sessel und brachte ihn sogar wieder einigermaßen zu sich. Mit der Drohung, das Spiel würde sich wiederholen, wenn er nicht Vernunft annehmen sollte, ging ich.«

»Woran ist Werner Schüler gestorben«, wollte ich wissen.

»An einem Messerstich. Aber ich besaß kein Messer, besitze immer noch keins. Sie behaupten, ich hätte eines von Schülers Messern genommen und nach der Tat verschwinden lassen. Sie suchten es tagelang, weil sie hofften, mich mit den Fingerabdrücken, die sich darauf befinden mussten, überführen zu können, aber sie hatten kein Glück. Sie hatten nur Hufmüllers Aussage.«

»Lächerlich, dass sie ihm glaubten«, entrüstete ich mich.

»Ich fiel aus allen Wolken, als sie zu mir kamen und mich wegen Mordes an Werner Schüler festnahmen. Weiß der Kuckuck, was Hufmüller wirklich gesehen hatte. Sie ließen nichts gelten, was ich zu meiner Verteidigung vorbrachte. Sie brauchten einen Mörder und waren froh, so schnell einen gefunden zu haben. Dass sie den falschen Mann erwischt haben könnten, zogen sie nicht einmal in Erwägung. Es wäre ihre Aufgabe gewesen, nicht nur belastendes Beweismaterial zusammen, sondern sie hätten mit dem gleichen Eifer entlastendes Material suchen sollen, aber das haben sie nicht getan.«

»Aber Pascal«, sagte ich ergriffen. »Die Schmach, die man dir angetan hat, muss für dich entsetzlich gewesen sein.«

»Das ist sie immer noch. Ich will mich rehabilitieren. Ich möchte, dass der ganze Ort es einsieht, dass es ein Irrtum war, mich einzusperren und das sich jene, die sich heute und in den kommenden Tagen besonders hervortun wollen, bei mir entschuldigen.«

»Du willst zu viel, fürchte ich«, sagte ich besorgt.

»Ich verlange nichts, was mir nicht zusteht, Pam.«

»Irgendjemand muss noch nach dir bei Schüler gewesen sein.«

Pascal Moor nickte. »So sehe ich es auch. Er nützte die Chance, die sich ihm bot, nahm ein Messer ... Schüler hatte im Dorf so viele Feinde, dass theoretisch jeder als Täter in Frage käme«, erklärte Pascal.

»Hast du vor, den wahren Mörder zu suchen?«

»Ja, Pam. Das habe ich vor.«

»Wie willst du das schaffen?«

»Das weiß ich noch nicht, aber es muss mir gelingen. Denn nur so kann ich beweisen, dass ich unschuldig bin.«

»Pascal, ich ...«

»Vorsicht!«, fiel er mir ins Wort und dann gab er mir einen Stoß »Weg! Schnell weg!«

Ich drehe drehte mich um und da sah ich einen Mann mit einem Gewehr. Er hatte mich noch nicht entdeckt. Rasch trat ich hinter den breiten Stamm einer Eiche und verhielt mich ganz still. Schritte näherten sich mir, und ich hatte das Gefühl, mein Herz würde mir bis zum Hals schlagen.

›Wer war der Mann mit dem Gewehr? Der Statur nach konnte es Wilfred Arend sein. Hat er herausgefunden, dass ich mich hier mit Pascal getroffen hatte?‹ Ich wandte den Kopf. Pascal war verschwunden. ›Lauf!‹, dachte ich ängstlich. ›Er darf dich nicht erwischen! Ein Ast knackte. Pascal!‹, durchzuckte es mich und sofort tauchte der Mann mit dem Gewehr neben mir auf. Ich klebte förmlich an der Eiche. Der Mann - es war tatsächlich Wilfred, mein Cousin - sah mich nicht.

»Jo!«, rief er, ›hier ist er!‹

Und Jo kam aus einer anderen Richtung gelaufen. Sie trafen etwa zehn Meter von mir entfernt aufeinander. Sehen konnte ich sie kaum noch, aber hören. Hatte Jo auch ein Gewehr bei sich?

›Ich hatte Recht‹, meinte Wilfred. ›Ich wusste, dass er wieder kommt, aber das wird er gleich bereuen.‹

Ich drückte Pascal zitternd die Daumen, während sich Wilfred und Jo weiter von mir entfernten. Ein Glück, das sie mich nicht entdeckt hatten. Vorsichtig schlich ich um die Eiche herum und verließ den Wald.

Kapitel 5

Wie eine Diebin kam ich mir vor, als ich das alte Haus betrat. Wieder herrschte diese körperliche spürbare Stille. Sie begleitete mich durch das alte Gebäude, machte aber nicht vor meiner Zimmertür Halt, sondern trat mit mir ein. Ich beging nicht den Fehler, Licht zu machen, denn das hätten Wilfred und Jo bei ihrer Rückkehr gesehen, und sie hätten sich bestimmt gefragt, wieso ich zu so später Stunde noch nicht schlief. Im Dunkeln lief ich zum Fenster und blickte sorgenvoll hinaus.

Sie waren hinter Pascal her, und ich konnte nur hoffen, dass es ihm gelang, ihnen zu entkommen. Sie mussten in der Nähe des Hauses auf der Lauer gelegen haben. Wussten sie, dass ich das Gebäude verlassen hatte? Hatten sie mich gesehen? Welche Folgen würde das für mich haben? Nervös und mit wachsender Ungeduld warte dich auf die Rückkehr meiner Cousins. Bisher war noch kein Schuss gefallen, und dafür dankte ich dem Himmel. Aber ich dankte ihm zu früh, denn kaum hatte ich es getan, da peitschte ein Schuss durch die dunkle Nacht und ich zuckte so heftig zusammen, als wäre ich getroffen worden. In mir stieg eine panische Angst hoch, und vor meinem geistigen Auge entstand eine schreckliche Vision.

Ich sah Pascal fliehen, aber meinen Cousins gelang es, seinen Vorsprung zu verringern. Und dann ... der Schuss! Pascal fiel um. Aber er sprang gleich wieder auf und lief weiter, jedoch humpelte er und er hatte große Schmerzen. Überdeutlich sah ich sein verzerrtes Gesicht und die Todesangst in seinen Augen, als ihn Wilfred und Jo stellten. Sie legten beide ihre Gewehre auf ihn an und ... oh Gott ... ich presste meine Hände auf die Wangen und starrte verstört in die Dunkelheit. Aber es krachte nicht noch einmal.

Merkwürdig. Keiner erwähnte am nächsten Morgen den Schuss. Hatten alle so tief geschlafen, dass sie nichts davon wussten? Wer hatte geschossen? Wilfred oder Jo? Hatte der Schütze getroffen? Wenn ja, hätten sie darüber doch reden müssen. Oder hatten sie allen Grund, die Sache totzuschweigen? Eiskalt rann es mir den Rücken herunter. Hatten sie Pascal erschossen? Kaum war mir dieser schreckliche Gedanke gekommen, da brachte ich keinen Bissen mehr hinunter. Max räumte ab. Kim warf mir ab und zu einen Blick zu, den ich nicht richtig zu deuten vermochte. Wusste sie, dass ich mich in der vergangenen Nacht mit Pascal getroffen hatte? Sie hätte das mit Sicherheit nicht für sich behalten, sondern ihrer Familie erzählt. Ich war mit meinen Gedanken bei Pascal. Vielleicht lag er noch im Wald und brauchte Hilfe, ohne die er sterben würde. Ich sagte nach dem Frühstück, dass ich ein wenig spazieren gehen wollte. Kim sagte, sie würde mitkommen. Mir kam es vor, als warteten alle darauf, dass ich ablehnte, deshalb war ich damit einverstanden.

Es ein schöner sonniger Tag. Die wenigen weißen Wolken am blauen Himmel, die wie Wattebäuschen aussahen, störten nicht. Kim war um eine unverfängliche Unterhaltung bemüht und ich versuchte sie in Gang zu halten, obwohl mir nicht nach Reden zumute war. Meine Cousine mied das Thema Pascal Moor und alles, was darauf hinführen konnte. Sie sprach weder über ihre Familie noch über die Bewohner im Dorf. Sie erzählte, dass sie im vergangenen Sommer herrliche Pilze im Wald gefunden hätte, sprach von einem modischen Pullover, den sie sich für den Herbst selbst stricken wollte. Sie redete viel bangloses Zeug. Ich lenkte meine Schritte scheinbar ziellos dorthin, wo ich mit Pascal gestanden hatte. Kim schien es egal zu sein, wohin wir gingen.

Sie nannte den Namen eines Jungen, für den sie sich interessierte, doch sie langweilte mich damit. Warum war sie nicht endlich still? Warum musste sie ununterbrochen reden? Sie hätte vielleicht aufgehört, wenn sie von mir kein Echo mehr bekommen hätte. Aber dann hätte sie mich wahrscheinlich gefragt, was mit mir los sei und ich konnte ihr nicht sagen, dass ich mir Sorgen um Pascal machte, auf den einer ihrer beiden Brüder letzte Nacht geschossen hatte. Da war die Eiche, hinter der ich mich versteckt hatte. Ohne das es Kim auffiel, suchte ich nach Fußspuren, doch es waren keine zu entdecken. Ein paar Schritte weiter war die Stelle, an der wir uns unterhalten hatten und nun versuchte ich mir vorzustellen, welche Richtung Pascal eingeschlagen hatte. Kim schlug vor, in das nächste Dorf zu fahren.

»Was machen wir da?«, fragte ich geistesabwesend. Mein Geist befand sich auf der Suche.

»Da wurde ein großer Reitstall eröffnet«, sagte Kim. »Wir könnten uns Pferde mieten und den ganzen Tag durch die Gegend reiten. Hättest Du Lust?«

›Nein‹, dachte ich nervös. »Mal sehen«, sagte ich allerdings.

Kim lachte. »Heißt das nun ja oder nein?«

»Ich weiß es noch nicht.«

»Es wäre ein unvergesslicher Tag für uns beide«, meinte meine Cousine. »Wir können einen gutgefüllten Picknickkorb mitnehmen und dort Rast machen, wo es uns gefällt ... hört sich das nicht großartig an?«

»Unter normalen Umständen schon«, musste ich zugeben. Aber nun hatte ich Sorgen. Selbst wenn Pascal unverletzt war, hatte ich Sorgen. Immerhin hatte er ein ganzes Dorf zum Feind. Man stellte sich das einmal vor. Ein ganzes Dorf! Ich gab meiner Cousine eine unverfängliche Antwort, keinesfalls eine Zusage und ich war froh, dass sie sich damit erst einmal zufriedengab. Ein Glück, das sie nicht ahnte, wonach wir auf der Suche waren. Je länger die Suche dauerte, desto leichter wurde mir, denn das hieß, dass Wilfred und Jo den Flüchtenden doch nicht erwischt hatten. Er schien ihnen entkommen zu sein, es war zwar ein Schuss gefallen, aber er musste nicht getroffen haben. An diese Hoffnung klammerte ich mich, während wir weiter durch den Wald gingen, Kim blieb plötzlich stehen, ich wandte mich zu ihr um. »Ist irgendetwas?«

Meine Cousine musterte mich nachdenklich, »Sage mal, suchst du irgendetwas?«

Mir gab es einen Stich. ›Ertappt! Durchschaut!‹, dachte ich. »Wieso? Wir gehen spazieren«, erwiderte ich.

»Also, mir kommt es so vor, als befändest du dich auf irgendjemandes Fährte.«

»Du irrst dich«, sagte ich, ohne Kim anzusehen.

Bald danach kehrten wir um und ich richtete es so ein, dass wir einen anderen Weg zum alten Herrenhaus zurückgingen. Von Pascal keine Spur. Ich wertete das als gutes Zeichen. Als wir wieder zu Hause waren, bat mich Onkel Wolfgang in den Salon. Kim wollte mich begleiten, aber er sagte, er wollte mit mir alleine sprechen. Wie er das betonte, gefiel mir nicht.

Kapitel 6

»Schließ bitte die Tür, Pam«, sagte er und nahm in einem Sessel am offenen Kamin Platz. Ich gehorchte. Über Onkel Wolfgangs spiegelnde Glatze tanzte eine Fliege. Sie wollte sich darauf niederlassen.

›Tu es nicht‹, dachte ich. ›Sonst rutscht du aus und brichst dir eins deiner Beine …‹ Aber der Humor verging mir, als ich in Onkel Wolfgangs todernste Augen blickte.

»Komm her«, sagte er. »Setz dich zu mir, Pam.« Er zog an seiner dicken Zigarre, blies den Rauch aus und betrachtete die Glut, während ich mich zu ihm begab und ebenfalls Platz nahm.

»Wie war der Spaziergang?«, wollte er wissen.

»Sehr schön. Ihr seid um den Wald zu beneiden.«

»Oh ja, wir sind sehr froh, ihn in der Nähe zu haben. Hier im Dorf ist die Welt noch in Ordnung. Zumindest war sie es bis vor kurzem noch«, schränkte Onkel Wolfgang ein.

Ich wusste, was er meinte. Pascal Moor! Aber ich ging nicht darauf ein. Wenn er mit mir über Pascal reden wollte, musste er deutlicher werden. Ich hatte nicht die Absicht, diesen Namen als Erstes zu erwähnen.

»Manchmal könnte man meinen, das Dorf befände sich in einem Dornröschenschlaf, nichts Aufregendes passiert. Alle kommen in Frieden und Eintracht miteinander aus.«

›Das stimmt nicht, Onkel Wolfgang‹, dachte ich.

»Mit Werner Schüler kam niemand aus. Er muss der Teufel in Menschengestalt gewesen sein. Er passte nicht in diese Idylle. Seit seinem gewaltsamen Ende lebt jemand im Dorf, der ein ganz, ganz schlechtes Gewissen hat.«

Ich wollte, es würde ihn endlich dazu bewegen, zur Polizei zu gehen und ein volles Geständnis abzulegen, damit Pascal reingewaschen wird.

»Ich kann deine Eltern nicht verstehen«, sagte Onkel Wolfgang. »Es war vor allem deine Mutter, die von hier fort wollte. Dein Vater wäre wahrscheinlich bis zu seinem Lebensende im Dorf geblieben.«

»Ich glaube nicht, dass es meine Eltern bereuten, in die Großstadt gezogen zu sein«, erwiderte ich. »Sie haben dort viele gute Freunde.«

»Die hätten sie auch hier im Ort gehabt ... aber jeder ist seines eigenen Glückes Schmied. Wenn deinen Eltern das Leben in der Stadt mehr zusagt, ist das ihre Sache.«

›Sehr richtig‹, dachte ich ein wenig verstimmt. ›Das geht dich gar nichts an.‹

»Ich liebe den Frieden, die Stille, die wir hier haben«, sagte Onkel Wolfgang. »Das sind unbezahlbare Werte, die mir niemand nehmen darf.«

Das lief auf Pascal hinaus ... ich reagierte nicht.

»Da gibt es eine friedliche Idylle - eine der Letzten auf der Welt und plötzlich droht einer, sie rücksichtslos kaputtzumachen«, sagte Onkel Wolfgang. »Er kann nicht erwarten, dass ich dabei tatenlos zusehe. Er zwingt mich, meine Interessen zu wahren und zu verteidigen. Verstehst du das?«

›Natürlich‹, dachte ich. ›Ich bin ja nicht auf den Kopf gefallen wie Pepe Hufmüller, dessen Aussage für euch heiliger ist, als das Wort der Bibel.‹ Ich nickte.

»Ich bin gezwungen, mich zu schützen«, sagte Onkel Wolfgang.

›Du Ärmster‹, dachte ich mit unterdrücktem Zorn. ›Wie bedauernswert du bist. Der böse, böse Pascal Moor zwingt dich, zuzulassen, dass deine Söhne auf ihn schießen.‹

»Unser Dorf ist immer sauber und mustergültig gewesen, das muss es auch wieder werden«, sagte Onkel Wolfgang.

»Ich finde es nach wie vor sauber«, sagte ich.

Onkel Wolfgang wiegte den Kopf. »Du übersiehst, dass es einen Mord gegeben hat. Dieses schwere Verbrechen schreit nach Sühne.«

»Da bin ich ganz deiner Ansicht«, stimmte ich meinem Onkel zu.

Er schaute mich überrascht an. Diese Worte aus meinem Mund zu hören, hatte er nicht erwartet.

»Ja, der Mord gehört gesühnt«, sagte ich. »Der Täter muss bestraft werden. Niemand hat das Recht, einem anderen das Leben zu nehmen.«

»Ich muss gestehen, dein Sinneswandel überrascht und erfreut mich, Pam.«

»Ich habe über diese Dinge noch nie anders gedacht, Onkel Wolfgang.«

»Dann bist du also meiner Ansicht, dass es nicht angeht, dass Werner Schülers Mörder frei herumläuft.«

Ich nickte. »So ist es.«

»Du bist dafür, dass der Täter einer gerechten Strafe zugeführt wird?«

»Jeder Mensch mit einem normal ausgeprägten Rechtsempfinden muss so denken, Onkel«, sagte ich.

»Darf ich das so verstehen, dass du endlich weißt, auf wessen Seite du stehen musst?«

»Auch darüber bestand für mich nie Zweifel«, erwiderte ich. »Ich werde immer auf der Seite des

Rechts stehen und jedes Unrecht bekämpfen. In diesem Sinne haben mich meine Eltern erzogen. Es ist für mich die einzige gültige Ansicht.«

Onkel Wolfgang war sehr zufrieden. Er lehnte sich entspannt zurück und genoss ein paar Züge von seiner Zigarre. Schließlich sagte er: »Dir ist bekannt, dass deine Cousine Kim im Schlaf durch das Haus wandelt?«

Ich sah ihn überrascht an. »Tut sie das immer noch?«

»Leider ja. Zum Glück kam sie dabei noch nie zu Schaden. Hoffentlich bleibt es weiter so. Ich kann sie nicht in ihrem Zimmer einschließen. Vielleicht würde sie dann aus dem Fenster klettern.«

›Entfernt er sich jetzt von Pascal Moor?‹, fragte ich mich argwöhnisch im Stillen. ›Ist die Gefahr gebannt?‹ Ich blieb auf der Hut.

»Gestern Nacht geisterte Kim wieder durch das Haus«, erzählte Onkel Wolfgang. »Zumeist erwacht sie auf ihren nächtlichen Spaziergängen nicht, kehrt in ihr Zimmer zurück und legt sich wieder ins Bett. Am nächsten Morgen weiß sie nicht, dass sie unterwegs war. Es kam auch schon vor, das sie völlig verwirrt in der Halle, im Salon oder in der Küche stand, weil sie nicht wusste, wie sie dort hingekommen war.«

»Kann man ihr das nicht abgewöhnen?«, fragte ich.

»Wir hoffen immer noch, dass es eines Tages von selbst aufhört.«

»Ein guter Psychiat...«

Onkel Wolfgang lächelte und fiel mir ins Wort. »Du redest wie eine richtige Großstädterin. Mit jedem Problem läuft man in der Stadt gleich zum Psychiater. Ich halte nichts davon. Abgesehen davon gibt es im weiten Umfeld keinen Psychiater. Geschweige denn einen Guten.«

›Worauf will er hinaus?‹, fragte ich mich misstrauisch. ›Es muss einen Grund haben, weshalb er mir von Kims Leiden erzählt. Er tut nichts ohne Grund. Er ist ein schlauer Fuchs.‹

»Sie erwachte auch schon mal in Wilfreds Zimmer«, fuhr mein Onkel fort. »Und gestern ... gestern wachte Kim in deinem Zimmer auf.«

›Aha‹, dachte ich. ›Nun lässt er die Katze aus dem Sack.‹ »In meinem Zimmer?«, fragte ich nervös. »Ich habe nichts davon gemerkt. Sie muss sehr leise gewesen sein.«

»Du hast nichts davon gemerkt, weil du nicht da warst«, sagte Onkel Wolfgang. Es hörte sich nach einer Vorrede einer grimmigen Anklage an. »Du warst nicht in deinem Zimmer, Pam. Dein Nachthemd lag auf dem Bett ... der Schrank offen ... Jeans und Pullover fehlten.«

›Sollte ich die Wahrheit sagen?‹ Mein Trotz drängte mich dazu, aber ich musste auf Pascal Rücksicht nehmen. Wenn ich sagte, ich hätte mich heimlich mit ihm getroffen, würde ihn Onkel Wolfgang noch mehr hassen. Ich musste lügen, musste es für Pascal tun. Ich erklärte meinem Onkel, das ich im Bett gelegen und keinen Schlaf hab finden können.

»Hast du öfters solche Einschlafschwierigkeiten?«, wollte er wissen.

»Manchmal hat die wohl jeder«, antwortete ich.

»Du standest also auf, zogst dich an und gingst aus dem Haus.«

»Ja«, sagte ich.

»Hattest du keine Angst?«, fragte mich Onkel.

»Weshalb denn? Für mich ist die Nacht nur ein Tag ohne Licht.«

»Du gingst spazieren.«

»Ja«, erklärte ich gereizt.

»Wie lange?«

»Nicht sehr lange«, sagte ich.

»Bist du irgendjemanden begegnet?«, fragte Onkel Wolfgang lauernd. Er bot mir die Chance ein Geständnis abzulegen, doch ich blieb bei meiner einsamen Wanderung durch die Nacht. Er konnte mir nicht das Gegenteil beweisen.

»Nein«, sagte ich und schaffte es sogar, ihm fest in die Augen zu sehen. »Wem könnte man zu nachtschlafender Zeit dort draußen schon begegnen?«

»Nun, Pascal Moor vielleicht?«

Ich erschrak und hoffte, dass es meinem Onkel als Erstaunen ansah. »War er denn wieder hier?«

»Ja, Wilfred und Jo haben ihn gesehen. Sie lagen draußen auf der Lauer.«

Ich behauptete, auch sie nicht bemerkt zu haben und ich hatte Glück, ihnen nicht aufgefallen zu sein. Wenn es anders gewesen wäre, hätte mein Onkel mich jetzt leicht festnageln können. Er wusste nicht, wie er das Gespräch fortsetzen sollte. Es war in eine Sackgasse geraten. Dabei hatte er sicher gehofft, dass ihn das Gespräch direkt auf mein heimliches Treffen mit Pascal zu führen würde.

Ich erzählte meine kleine erfundene Geschichte der Vollständigkeit halber zu Ende, sagte, ich sei ins Haus zurückgekehrt, ohne zu wissen, dass jemand draußen war und ich hätte mich leise, um niemanden in seiner Nachtruhe zu stören, auf mein Zimmer begeben. ›Und nun beweise mir, dass es anders war‹, dachte ich triumphierend.

Onkel Wolfgang strich sich über die spiegelnde Glatze. »Du gingst zu Bett und was weiter?«

»Nichts weiter«, erwiderte ich.

»Hast du nichts gehört?«, wollte er wissen.

›Den Schuss‹, dachte ich. »Kaum lag ich im Bett, da war ich auch schon weg«, sagte ich. »Im Traum vermeinte ich dann, einen Schuss zu hören. Kann es sein, dass ich den tatsächlich gehört habe?«

Jetzt wusste Onkel Wolfgang nicht, was er antworten sollte. Ich lachte in mich hinein. Er entschied sich dafür, den Schuss totzuschweigen, behauptete, er könne nur in meinem Traum zu hören gewesen sein.

›Natürlich‹, dachte ich mit unterdrücktem Zorn. Wer sollte nachts im Wald schon schießen? Und auf wen?

Kapitel 7

Mir kam es so vor, als hätte ich von dieser Stunde an einen ständigen Bewacher in meiner Nähe. Mal war es Kim, dann Tante Liz oder Jo oder Wilfred. Auch Onkel Wolfgang kümmerte sich manchmal um mich. Er hatte mir meine Geschichte also nicht geglaubt. Ich hätte sie meiner Nichte auch nicht abgenommen, wenn ich an seiner Stelle gewesen wäre. Ich sollte keinen Schritt mehr allein tun, sollte keine Möglichkeit haben, Pascal Moor wieder zu sehen. Sie versuchten, mich zu lenken. Ich musste mit Jo unbedingt zum Angeln gehen, musste mit Kim unbedingt in den nächsten Ort fahren und einen ganzen Tag lang reiten. Tante Liz nahm mich zum Einkaufen mit. Ich war keine Sekunde mehr alleine. Auch im Haus bewachten sie mich. Wenn ich irgendetwas tun wollte, dass ihnen nicht passte, versuchten sie es mir auszureden. War das nicht möglich, begleiteten sie mich. Vielleicht saß nachts sogar einer von ihnen vor meiner Tür. Ich schaute nicht nach. Aber ihre Anhänglichkeit war mir lästig. Da ich dagegen nichts unternehmen konnte, versuchte ich damit zu leben.

Kim wurde zu meinem zweiten Schatten. »Wo du hingehst, will ich auch hingehen ...«

›Von mir aus‹, dachte ich und sagte zu meiner Cousine, ich hätte die Absicht, mich mit Pepe Hufmüller zu unterhalten. Der Zeitpunkt war gut gewählt. Außer Kim und mir befand sich niemand im Haus. Dementsprechend glücklich war Kim, weil sie nicht rückfragen konnte.

Sie erschrak. »Zu Hufmüller? Was willst du denn bei dem? Mit diesem Verrückten kann man sich doch nicht unterhalten.«

Ich zuckte mit den Schultern, lachte innerlich und tat sehr gleichgültig. »Du musst nicht mitkommen, wenn du nicht willst.«

»Hör mal, wir ... wir können uns doch ein paar CDs anhören. Ja, ich habe dir meine neusten Scheiben noch gar nicht vorgespielt.«

»Dafür ist doch später reichlich Zeit«, sagte ich.

Kim rollte die Augen. »Muss es unbedingt Pepe Hufmüller sein?«

»Hat sonst noch jemand gesehen, wer Werner Schüler ermordete?«

»Pascal war es. Pascal Moor! Warum weigerst du dich so hartnäckig, das zu akzeptieren?«

›Weil es nicht stimmt. Hufmüller kennt die Wahrheit und noch einer kennt sie‹, dachte ich. ›Schülers wirklicher Mörder. Die Person, die nach Pascal noch im Hause Schülers war.‹

Kim sagte: »Es sei besser, wenn wir warten würden, bis eines der Familienmitglieder nach Hause komme, dann stände uns ein Wagen zur Verfügung.«

»Ich bin gut zu Fuß«, sagte ich lächelnd.

»Gott, kannst du stur sein, wenn du dir etwas in den Kopf gesetzt hast«, seufzte Kim geplagt. Wahrscheinlich hoffte sie jetzt, keinen Fehler zu machen, sonst würde sie sich von ihrem Vater einiges anhören müssen. »Also gut, gehen wir«, sagte meine Cousine. Aber begeistert war sie von meiner Idee immer noch nicht.

Wir verließen das Haus. Es gab eine Abkürzung zu Pepes morscher alter Hütte und die schlugen wir ein, denn auf der Straße hätte uns ein Fahrzeug der Arends entgegen kommen können und dann hätten sie mich wahrscheinlich mit sanfter Gewalt wieder in ihr Haus gebracht.
Pascal Moor durfte nicht geholfen werden und schon gar nicht durfte ihm von einer Arend geholfen werden. Aber das war ein schmutziges Spiel, und sie konnten mich nicht zwingen, dabei mitzumachen.

Kim entwickelte sich zur Nervensäge. »Hast du vor, Privatdetektiv zu spielen?«, fragte sie unter anderem. »Davon kann ich dir nur dringend abraten. Die Polizei sieht es nicht gern, wenn man in ihr Handwerk pfuscht.«

Ich schmunzelte. »Wir haben einen sehr guten Freund bei der Polizei.«

»So?«

»Lenny Hupe. Der biegt das für uns wieder gerade«, sagte ich.

»Lenny ist doch nur ein ganz kleines Licht, Pam.«

»Oh, unterschätze unseren lieben Freund nicht, Kim. Wenn er will, kann er mehr für uns tun, als du für möglich hältst.«

Meine Cousine seufzte unglücklich. Pepe Hufmüllers Haus erweckte den Anschein, es würde nicht mehr bewohnt sein. Eines der Fenster war mit Brettern zugenagelt, die Tür pendelte ächzend hin und her und ein räudiger Hund lag unter einer schäbigen Holzbank, der uns anknurrte. Ein übler Gestank aus der Hütte kommend, wehte mich an. Ich blieb stehen und rief Hufmüllers Namen. Der Hund fing an zu kläffen. Er war aufgesprungen, stand auf dünnen zitternden Beinen und hatte die Angst, die er uns machen wollte.

»Herr Hufmüller«, rief ich nochmal.

»Er ist nicht zu Hause«, sagte Kim schnell. »Wir hätten uns den Weg sparen können. Komm, lass uns wieder heimgehen.«

Die Tür öffnete sich ächzend. Ich sah, dass sie von einer Hand festgehalten wurde. Von Hufmüllers Hand. Und dann erschien er. Er war noch nie eine Augenweide gewesen und ich erinnerte mich, dass wir uns früher vor ihm gefürchtet hatten. Nun sah er noch schrecklicher aus: rote aufgedunsene Wangen, hervorquellende Augen, feuchte Lippen, graues zerzaustes Haar, glasiger Blick. Seine Zähne waren angefault und gekleidet war er mit alten zerschlissenen Sachen. Seit Jahr und Tag war er betrunken.

Ich fragte mich, wie er das aushielt. Andere wären schon längst unter der Erde gewesen, aber Pepe Hufmüller lebte immer noch. Welch ein Leben ... er hauste in dieser verkommenen Hütte und früher hatten ihm die Dorfbewohner gebracht, was ihnen zu minder geworden war, was sie nicht essen wollten. Bevor man es wegwarf, gab man es Hufmüller und er hatte auch das überlebt.

Mit einer fahrigen Handbewegung wischte er sich über die Augen. Da der Hund immer noch kläffte und auf Hufmüllers Befehl, still zu sein, nicht aufhörte, trat der Säufer nach dem Tier, traf es jedoch nicht und wäre dabei beinahe umgefallen. Der

Hund nahm Reißaus und verschwand hinter dem Haus.

»Guten Tag, Herr Hufmüller«, sagte ich. Ich glaubte, in seinem ganzen Leben hatte ihn noch niemand ›Herr‹ genannt. Vermutlich riss er deshalb seine vom Alkohol glasigen Augen weit auf und musterte mich befremdet.

»Tag«, bequemte er sich zu sagen, und da er faul und müde war, setzte er sich auf die Bank, unter der vorhin noch der Hund gelegen hatte. Einen Moment schien es so, als würde er überlegen. Ihm fiel seine Kindheit ein, die er auf einem alten Gut in Schleswig-Holstein verbracht hatte. Weder die Gutsherrin noch ihre Angestellten waren vermögend und alle hatten keine Schulbildung, aber Benehmen hatten alle, denn darauf hatte der alte Gutsherr großen Wert gelegt. »Wollen Sie zu mir?« Wer kam schon mal absichtlich zu ihm?

»Ja, Herr Hufmüller.«

Wieder hatte er Grund zu staunen. »Tatsächlich? Wer sind Sie?«

»Ich heiße Pam Arend. Kim Arend kennen Sie. Ich bin ihre Cousine Pam.«

»Oh, ich erinnere mich an Sie. Sie waren lange nicht hier im Dorf.«

»Ja, das stimmt, Herr Hufmüller.« Ich blieb bei der Anrede, die ihm eigentlich nicht zustand und er genoss es, einmal im Leben ein ›Herr‹ zu sein. Kim tänzelte neben mir nervös von einem Fuß auf den anderen. Sie hätte es begrüßt, wenn wir schon wieder gegangen wären. Aber ich war mit Hufmüller noch nicht fertig, hatte noch nicht einmal richtig angefangen.

»Was wollen Sie?«, fragte Hufmüller und zog die Hand schniefend unter der Nase durch.

»Mit Ihnen reden, Herr Hufmüller.« Er kam aus dem Staunen nicht mehr raus.

Beide Hände auf seine Brust legend, fragte er: »Mit mir? Junge Lady, ich wüsste wirklich nicht …«

Kim fand es absurd, dass ich mich mit diesem geistig minderbemittelten Mann wie mit einem normalen Mann unterhielt.

»Wie Sie selbst feststellten, war ich lange nicht hier«, erklärte ich, »ist es da nicht selbstverständlich, dass ich da ein paar altvertraute Gesichter sehen möchte? Es interessiert mich, wie es Ihnen geht, Herr Hufmüller.«

»Wie es mir geht?«, fragte er verblüfft. Kopfschüttelnd musterte er mich. »Ich kann mich nicht erinnern, dass mich das schon Mal einer gefragt hat. Es kümmert die Leute nicht, wie es mir geht. Pepe Hufmüller ist einfach vorhanden, das ist alles. Man nimmt ihn zur Kenntnis und damit hat es sich. Man sieht ihn, weiß, dass es ihn noch gibt und das reicht auch schon. Wie es ihm geht, will niemand wissen. Wenn er mal nicht mehr lebt, wird man das schon merken.«

»Armer Kerl«, dachte ich. Er war nicht so dumm, dass er nicht begriff, wie die Dorfbewohner zu ihm standen. Er zog die Schultern hoch und überlegte sich die Antwort auf meine Frage, die ihn so unvorbereitet getroffen hatte.

»Nun ja, eigentlich geht es mir nicht schlecht«, meinte er schließlich. »Sagen wir ... ich habe schon schlechtere Zeiten erlebt. Heute brauche ich nicht mehr Hunger zu leiden und der Whiskey geht mir auch nicht mehr aus.«

»Haben Sie heute mehr Geld als früher?«, fragte ich.

»Ich glaube schon.«

»Von wem bekommen Sie es?«, wollte ich wissen.

»Vom Staat selbstverständlich«, sagte Hufmüller. »Er hat wohl eingesehen, dass er mich nicht verkommen lassen darf. Es klingt vielleicht vermessen, aber auch ein Mann wie Pepe Hufmüller hat das Recht, zu leben.«

»Niemand spricht Ihnen das Recht ab, Herr Hufmüller«, sagte ich.

Kim kratzte ungeduldig mit der Schuhspitze auf dem Boden. Sie schrieb den Namen des Mannes, der vor uns auf der Bank saß. Da Hufmüller Analphabet war, konnte er es nicht lesen.

»Ihr Leben verläuft wohl sehr eintönig«, sagte ich.

»Ein Tag ist wie der andere«, Hufmüller nickte, »kann man so sagen. Keine Höhepunkte, keine Sensationen. Nichts. Nur Langeweile. Ich ertränke sie im Schnaps. Das funktioniert seit vielen Jahren schon so.«

»Wie ich hörte, waren Sie nur ein einziges Mal in ihrem Leben Mittelpunkt im Dorf.«

Er streckte die Beine weit von sich. »Sie meinen, als das mit dem Werner Schüler passierte?«

»Ja, Herr Hufmüller, das meine ich. Ich bin ein sehr neugieriges Mädchen, müssen Sie wissen. Als man mir erzählte, welch eine wichtige Rolle Sie damals spielten, hatte ich den Wunsch, mich mit Ihnen zu unterhalten. Meine Cousine war so nett, mich zu begleiten.«

Mir war, als würde mich Kim mit einem ärgerlichen Blick durchbohren. Hufmüller musterte meine Cousine von Kopf bis Fuß und wieder zurück, als sähe er sie heute zum ersten Mal.

»Kim Arend?«, fragte er und zum ersten Mal machten sich seine geistigen Defizite bemerkbar, als er hinzufügte »... traurig ... Der Himmel weint ...«

»Wie meinen Sie, Herr Hufmüller?«, wollte ich wissen.

»Merkst du es nicht? Er kann sich nicht mehr konzentrieren«, sagte Kim. »Er fängt wieder einmal an, unzusammenhängendes Zeug zu reden.«

»Hier im Dorf erfährt man mehr als in der Stadt«, sagte Pepe Hufmüller. »Viele Menschen, viele Geheimnisse ... wenig Menschen, wenig Geheimnisse ... man kann sie im Dorf nicht so gut hüten ...«

»Was wollen Sie damit sagen, Herr Hufmüller?«, fragte ich.

»Ich bin ein alter Mann, werde bald niemanden im Wege sein ... keine Sorge, der alte Pepe Hufmüller trinkt sich schon zu Tode ...«

Ich musterte ihn mit schmalen Augen. »Glauben Sie, dass sich jemand Ihren Tod wünscht, Herr Hufmüller?«

»Aber ja.«

»Wer?«

»Jedermann, Pepe Hufmüller ist ein Schandfleck. Man entfernt ihn nicht, weil er die Mühe nicht wert ist, lässt es ihn selbst tun.«

»Ist er nicht ein Philosoph«, spottete Kim. »Großartig, sich mit diesem Mann zu unterhalten. Dabei verblödet man ja selbst.«

»Ich bin dumm«, sagte Hufmüller und nickte zustimmend. »Ich weiß. Aber Dummheit tut nicht weh. Manchmal verstehe ich nicht, was die Menschen reden oder tun. Ist mir alles zu hoch. Ich begreife einfach nicht, bemühe mich auch gar nicht, weil es ohnehin keinen Sinn macht. Ich nehm's einfach hin, wie's kommt ... Pepe Hufmüller der Schandfleck aus dem Dorf ... Whiskey, ein Fleckputzmittel ... damit bekommt ihr Hufmüller sicher weg, ... gebt ihm nur genug Whiskey ... sorgt dafür, dass er nicht ausgeht, dann besorgt Hufmüller alles andere selber ... gebt ihm seinen geliebten Schnaps ... ihr wisst, dass er ihn braucht.«

»Willst du dir das noch lange anhören, Pam?«, fragte meine Cousine. »Bei einer Unterhaltung mit Pepe Hufmüller ist noch nie etwas herausgekommen.«

»Man redet nicht mit Pepe Hufmüller, man erteilt ihm Befehle«, sagte der schwachsinnige Säufer.

»Wer erteilt Ihnen Befehle, Herr Hufmüller?«, wollte ich wissen.

»Das ganze Dorf. Und wenn er nicht gehorcht, tritt man nach ihm, wie ich es vorhin mit dem Hund gemacht habe ... der Hund und ich stehen auf derselben Stufe. Wir werden beide getreten, aber das macht uns nichts aus. Wir haben uns im

Laufe der Zeit daran gewöhnt. Wenn man uns einmal nicht tritt, vermissen wir etwas.«

»Schwachsinn«, sagte Kim ärgerlich. »Der totale Schwachsinn ist das, Pam.«

»Ja, intelligente Reden darf man von Pepe Hufmüller nicht erwarten. Ich bin kein Professor«, sagte der Mann.

»Können Sie immer noch nicht lesen?«, fragte ich.

»Nein! Wer hätte es mir beibringen sollen? Es interessiert mich auch nicht. Ich würde ja auch nicht verstehen, was gescheite Menschen niedergeschrieben haben. Ich bin ein Einfaltspinsel und das ist gut so. Einfaltspinsel muss es auch geben, damit alle anderen erkennen, wie klug sie sind. Ich diene ihnen zum Vergleich.«

Ich lenkte das Gespräch auf den Mord von Werner Schüler. Mir kam es so vor, als sei es Hufmüller nicht recht. War das für ihn ein heißes Eisen, das er nicht anfassen wollte?

»Es muss ein schlimmer Schock für sie gewesen sein«, sagte ich.

»Das war es. Und jetzt ist Schüler nicht mehr bei uns. Welch eine Freude werden manche denken. Der, der es getan hat, ist ein Erlöser. Ich verstehe nicht, warum man ihn einsperren wollte.«

»Sie sprechen von Pascal Moor, nicht wahr?«, sagte ich.

»Ja.«

»Sie haben ihm mit ihrer Aussage große Schwierigkeiten gemacht, Herr Hufmüller.«

»Das wollte ich nicht, Pascal Moor ist ein netter Mensch. Einer der wenigen, die mir noch nie einen Tritt gegeben haben. Es war gut, was er getan hat.«

»Was genau haben Sie es gesehen, Herr Hufmüller?«, fragte ich gespannt.

»Ich kam zufällig an Schülers Haus vorbei, hörte laute Stimmen. Die Fenster waren offen. Ich schaute hinein und sah Schüler, diese fette Qualle. Das weiße Haar schien ihm zu Berge zu stehen und die starken Gläser seiner Brille machten die Augen riesig. Er hatte Streit mit Pascal Moor. Mir gefiel das. Ich hatte meine Flasche bei mir, trank und genoss das herrliche Schauspiel. Als Moor anfing, Schüler zu verprügeln, hätte ich am liebsten ›Bravo‹ gerufen und applaudiert. Die Flasche war bald leer. Ich lief nach Hause, holte mir noch Sprit und kehrte zu Schülers Haus zurück. Werner Schüler ging es nicht gut, aber das störte mich nicht.«

»War Pascal Moor noch bei ihm?«, fragte ich mit trockener Kehle.

»Ja, und er hatte ein Messer in der Hand. Warum nicht?, dachte ich. Schüler bekommt nur das, was er verdient ... es war schnell vorbei, ... ein Ruck ging durch Hufmüllers Körper. Er richtete sich auf, schien etwas zu vernehmen, das nur für seine Ohren bestimmt war. Und dann sagte er etwas, das mich erschaudern ließ. ›Das Grab wird sich öffnen ...‹ Er wird wiederkommen und Gerechtigkeit, Sühne fordern.«

Kim wurde blass. »Er ist verrückt«, stieß sie unangenehm berührt hervor. »Was redet er denn da für einen haarsträubenden Unsinn?«

»Tote können zurückkehren«, sagte Pepe Hufmüller. »Sie tun es, wenn ihnen irgendetwas nicht passt. Sie regeln ihre Angelegenheiten und verschwinden wieder. Man muss sich vor ihnen in acht nehmen. Sie sind gefährlich. Wer sich ihren Zorn zuzieht, ist seines Lebens nicht mehr sicher. Sie mögen es auch nicht, wenn man ihre Reise stört.«

»Herr Hufmüller«, sagte ich nervös. »Könnte es sein, dass Sie, nachdem Sie zu Schülers Haus zurückkehrten, jemand anderes gesehen haben? Sie stritten sich immer noch. Worum ging es?«, wollte ich wissen.

»Weiß es nicht mehr. Dann das Messer ... und aus«, berichtete der alte Mann.

»Sie gingen gleich zur Polizei, um das Verbrechen zu melden?«, fragte ich.

»Oh, ich wäre nicht zur Polizei gelaufen. Es war ja nichts passiert«, sagte Hufmüller.

»Nichts passiert?«, fragte Kim entrüstet. »Ein Mensch wurde erstochen und sie behaupten, es sei nichts passiert?«

»Ein Mensch?«, entgegnete Hufmüller. »Werner Schüler war doch kein Mensch. Das wird ihnen jedermann im Dorf bestätigen.«

»Wie erfuhr die Polizei von dem Mord?«, wollte ich wissen.

»Ich wollte nach Hause, nur nach Hause. Aber ich lief dem Polizisten Wohlfahrt direkt in die Arme. Er sah mir an, dass etwas passiert war. Ich musste es ihm sagen. Wenn ich geschwiegen hätte, hätte er mich eingesperrt. Tut mir leid für Pascal Moor. Ich wollte ihm keine Schwierigkeiten machen. Aber hätte ich mich einsperren lassen sollen? Wissen Sie, wie schrecklich das für mich gewesen wäre? Sie hätten mir nichts mehr zu trinken gegeben. Aber ich kann ohne Whiskey nicht leben. Moor ist wieder frei, aber er wird es nicht bleiben … Das Grab wird sich öffnen und die rächende Hand wird den Täter treffen.«

Ich hatte genug gehört. Großer Gott, wie kam er nur auf die Idee, Werner Schüler könnte aus dem Grab steigen und die Sühne des Verbrechens, das an ihm begangen wurde, selbst in die Hand nehmen? Wäre so etwas wirklich möglich gewesen, so hätte Pascal nichts zu befürchten gehabt, denn ich war nach wie vor davon überzeugt, dass er Werner Schüler nicht ermordet hatte. Ich wandte mich an Kim. »Gehen wir?«

»Liebend gern«, sagte sie aufatmend. »War ja schon nicht mehr anzuhören.«

»Auf Wiedersehen, Herr Hufmüller«, sagte ich.

Kim blickte mich verwirrt an. »Du hast doch nicht etwa den Wunsch, ihn wirklich wiederzusehen, Pam?«

Ich zuckte mit den Schultern: »Wer weiß?«

Der Blick meiner Cousine drückte totale Verständnislosigkeit aus.

»Ich … Pam Arend … ich möchte sie nicht wiedersehen«, sagte Pepe Hufmüller zu meiner großen Verwunderung.

»Warum nicht? Was haben sie gegen mich?«

»Ich sehe eine schwarze Wolke über ihnen«, sagte Hufmüller ernst. »Das bedeutet Gefahr, großes Unheil. Und ich möchte da nicht mit hineingezogen werden.«

Unheil … Gefahr … konnte Pepe Hufmüller hellsehen? Mich beschäftigte das, was der Mann gesagt hatte, für den Rest des Tages. War es richtig gewesen, Hufmüller aufzusuchen? Irgendwie hatte er mich beunruhigt. Aber ich hatte auch in Erfahrung gebracht, dass er als Augenzeuge nicht einmal dann etwas wert gewesen wäre, wenn er nüchtern und im Vollbesitz seiner geistigen Kräfte den Mord mit angesehen hätte. Er hatte den Streit zwischen Pascal und Schüler miterlebt. Aber dann war er kurz zu Hause gewesen, und als er an das Fenster zurückkehrte, um die Männer weiter zu beobachten und zu belauschen, war der Mann bei Schüler nicht mehr Pascal, sondern jemand anderes gewesen. Wer?

Diese Frage blieb zu klären. Pepe Hufmüller glaubte ja, Werner Schüler würde es selbst tun, aber das war natürlich eine Idee, die seinem wirren Geist entsprungen war. Die Wahrheit mussten schon wir, die Lebenden, finden. Also Pascal und ich. Denn alle anderen glaubten ja, die Wahrheit zu kennen. Sie waren felsenfest davon überzeugt.

Hufmüllers unsinnige Worte verfolgten mich, ich ärgerte mich darüber, dass ich ihnen so viel Gewicht beimaß. Warum konnte ich sie nicht einfach als das wirre Gerede eines schwachsinnigen Menschen abtun? Das Grab wird sich öffnen und die rächende Hand wird den Täter treffen ... Vor allem das ging mir nicht aus dem Sinn.

Kapitel 8

Als die Dämmerung einsetzte und die Schatten vom Haus Besitz ergriffen, fühlte ich mich sehr unwohl. Was fürchtete ich eigentlich? Schülers Geist? Ich war genau wie er an der Bestrafung des wahren Täters interessiert. Aber Pepe Hufmüller hatte auch gesagt, dass man Schülers Kreise nicht stören dürfte.

»Nimm doch diesen Irren nicht für voll«, sagte ich zornig. »Wenn du das tust, bist du genauso verrückt wie er. Das Grab wird sich öffnen ... Genug!«

Natürlich erzählte Kim ihrer Familie, wo wir gewesen waren. Sie stellte es so dar, als hätte ich sie genötigt, mich zu Pepe Hufmüller zu begleiten. Ich stellte richtig, dass ich ihr gesagt hätte, ich würde auch alleine gehen. Keiner meiner Verwandten war davon begeistert, dass ich immer noch von der fixen Idee besessen war, Pascal Moor helfen zu müssen.

Onkel Wolfgang machte ein paar Andeutungen, aus denen hervorging, dass er bereits an einigen Fäden gezogen hatte. Demnach braute sich über Pascal irgendetwas zusammen.

Warum hatte Hufmüller aber behauptet, über mir eine schwarze Wolke zusehen?

Ich versuchte Onkel Wolfgang auszuhorchen, um Pascal rechtzeitig warnen zu können. Doch mein Onkel ließ sich nichts entlocken. Und seine Andeutungen waren so vage gehalten, das ich nichts damit anfangen konnte.

Mit der Nacht fielen gespenstische Nebel ein. Jo zog sich in die Bibliothek zurück. Wilfred begab sich in sein Zimmer. Tante Liz verlor die Lust am Sticken, unterdrückte ein Gähnen und wünschte uns eine gute Nacht. Ich blieb noch eine Weile bei Kim und Onkel Wolfgang, dann zog auch ich mich zurück.

Die Nacht schien in meinem Zimmer auf mich gewartet zu haben. Ich hatte das Gefühl, sie ließ sich auch dann nicht verdrängen, als ich Licht machte. Es war eine unheimliche Nacht, die vor mir lag. So kam es mir vor.

Hätte ich auch so empfunden, wenn ich nicht Pepe Hufmüller aufgesucht hätte? Das Grab wird sich öffnen ... Es war Hufmüllers Stimme, die ich immer wieder hörte. Sie schien von einem Tonband zu kommen, dessen Ende jemand zusammengeklebt hatte. Dadurch musste sie sich zwangsläufig ständig wiederholen.

›Pepe Hufmüller was hast du mir mit deinem unsinnigen Gerede angetan?‹

Pascal wollte mich wiedersehen. Ich stahl mich aus dem unheimlichen Herrenhaus. Meine Verwandten schliefen. Ich trat in den feuchtkalten Nebel hinaus. Der Vollmond schuf eine gespenstische Szene und ich blickte mich gespannt um. Mein Herz schlug schnell und ich hatte Angst, hier draußen Werner Schüler zu begegnen. Überdeutlich vernahm ich wieder Hufmüllers Worte.

Ich eilte durch die Nacht, ungefähr dorthin, wo ich mich schon einmal mit Pascal getroffen hatte. Jo und Wilfred dachten wohl, Pascal mit dem Schuss so viel Schrecken eingejagt zu haben, das er sich nicht mehr in die Nähe des Hauses wagte. Dadurch schien es ihnen nicht mehr nötig zu sein, nachts zu wachen.

Aber Pascal gab nicht so schnell auf, wie sie glaubten. Pascal war ein Kämpfer. Hartnäckig und verbissen verfolgte er seine Ziele. Vor allem dieses eine. Er hatte ja auch keine andere Wahl. Er musste sich selbst reinwaschen. Wer sonst hätte es tun sollen?

Seltsam unwirklich war alles um mich herum. Ich hatte das Gefühl, ein Kleid zu tragen, das mir nicht gehörte. Blau war es, mit langen Ärmeln, vor der

Brust mit vielen Knöpfen versehen und knöchellang. Ein Kleid aus dem vorherigen Jahrhundert. Wie kam es in meinen Schrank? Ich zerbrach mir darüber nicht weiter den Kopf. Pascal erwartete mich, dachte ich, und ich freute mich darauf, ihn wieder zu sehen. Ich blieb stehen. Der Nebel legte sich wie ein nasses Tuch auf meinen Nacken. Ich schauderte.

»Pascal?«, fragte ich mit belegter Stimme in der Finsternis. Lange, unheimliche Schatten streckten sich mir wie Geisterarme entgegen. Sie schienen mich einfangen zu wollen. Und war da nicht auch ein gespenstisches Lachen?

»Komm, Pam! Komm zu uns, wie erwarten dich!«

›Wer seid ihr?‹, fragte ich im Geist, doch sie verstanden die Frage.

»Die Todesgeister!«, bekam ich zur Antwort.

Mir schnürte die Angst die Kehle zu. Abrupt blieb ich stehen. Keinen Schritt wagte ich weiterzulaufen. Himmel, warum ließ sich Pascal nur so lange Zeit? Warum kam er nicht endlich zu mir? Hoffentlich trat er nicht wieder von hinten an mich heran und legte mir die Hand auf die Schulter. Ich war heute so nervös, dass ich womöglich laut geschrien hätte.

»Pascal, wo bist du? Pascal, wo bist du?« Die Todesgeister verspotteten mich, äfften meine Stimme nach. Niemand sprach wirklich ein Wort und trotzdem hörte ich die Geister. »Wir zeigen dir etwas, Pam Arend«, sagten sie. »Es wird dich interessieren!«

»Lasst mich in Ruhe!«

»Du musst gehorchen, Pam. Niemand darf sich unseren Befehlen widersetzen.«

»Ich tue es!«

»Das kann böse Folgen für dich haben!«, warnten die Geister.

›Die schwarze Wolke!‹, dachte ich aufgeregt und ich wäre am liebsten ins Haus zurückgekehrt. Einmal versuchte ich es noch. Einmal rief ich mit gepresster Stimme Pascals Namen in den Nebel. Und dann erschien er. Endlich ... ein wenig erleichtert ging ich auf ihn zu.

Der Nebel bedeckte den Boden und schluckte unsere Schritte. Nichts war zu hören. Pascal und ich schienen zu schweben. Er wirkte heute sehr blass. War das Licht des Vollmonds, schuld daran? Wahrscheinlich sah ich selbst auch wie eine Wasserleiche aus.

»Pascal, wo hast du gesteckt?«, fragte ich ihn.

Er blickte sich um. »Wir müssen vorsichtig sein. Sie haben letztens auf mich geschossen.«

»Ich weiß. Ich habe den Schuss gehört. Du kannst dir nicht vorstellen, wie mir danach zumute war. Ich dachte ... ich befürchtete, die hätten dich ... getroffen? Ja. Mich quälte die schreckliche Angst, du könntest tot sein. Oh, Pascal, ich bin so froh, dich gesund wiederzusehen. Sie haben dich doch nicht verletzt?«

»Nein, der Schuss ging weit vorbei.«

»Dafür werde ich in der Kirche ein Dankgebet sprechen.«

»Schön, dass du das sagst«, bemerkte Pascal und kam einen Schritt näher. Mir war nicht mehr kalt. Im Gegenteil, eine ungemein wohltuende Wärme durchpulste mich mit einem Mal. Mir war fast so, als läge ich sorgfältig zugedeckt in meinem Bett und träumte das alles nur.

»Wir sind wieder zusammen«, flüsterte Pascal. »So wie damals.«

Nein, das stimmte nicht. Es war anders als damals. Wir waren beide keine Kinder mehr. Wir empfanden heute anders füreinander. Das konnte ich jedenfalls bei mir feststellen. Ich fühlte mich heute auch noch auf einer anderen Ebene zu Pascal hingezogen und davon bekam ich diese wohligen Fieberschauer, die mich fortwährend durchströmten. Ich erzählte Pascal, das Onkel Wolfgang irgendwelche Fäden gezogen hatte.

»Ich werde den bornierten Mann in die Knie zwingen«, erklärte er.

»Ich war bei Pepe Hufmüller«, sagte ich stolz.

Doch Pascal schüttelte den Kopf. »Das hättest du nicht tun sollen.«

»Warum nicht? Ich hoffte, ihm etwas entlocken zu können, was dich entlastet.«

»Hufmüller ist verrückt. Man weiß nie, was ihm in den Sinn kommt. Seine Aussage konnte mich nicht belasten und sie würde mich auch nicht entlasten.«

»Das stimmt schon, aber sie könnte uns helfen, der Wahrheit einen Schritt näher zu kommen.«

»Ein solcher Schritt ist mir bereits gelungen.«

»Wirklich? Was hast du in Erfahrung gebracht? Kennst du etwa schon den Namen des wahren Mörders?«

»Ich möchte dir etwas zeigen, Pam. Es wird dich interessieren.«

So ähnlich hatten die Geister vorhin ebenfalls zu mir gesprochen.

›Geister!‹, dachte ich ärgerlich. ›So ein Quatsch.‹

Pascal griff nach meiner Hand. Seine Finger waren kalt. Vermutlich deshalb, weil er sich schon lange hier draußen aufhielt. Die Nebel krochen von uns fort, als wir gemeinsam weitergingen. Heute Nacht schrie das Käuzchen nicht. Ich vermisste seinen unheimlichen Ruf auch nicht. Pascal schien nachts besser zu sehen als ich. War er nachtsichtig? So etwas soll es ja geben. Ich hatte keine Ahnung, wohin er mit mir ging. Ich konnte keinen Weg erkennen. Mit schlafwandlerischer Sicherheit schritt Pascal mit mir durch die Dunkelheit.

Ich erzählte Pascal, das meine Cousine Kim in mein Zimmer gekommen war, während ich mich mit ihm getroffen hatte.

»Hoffentlich geistert die heute Nacht nicht wieder durch das Haus«, sagte ich schmunzelnd. »Und wenn sie es tut, gebe Gott, dass sie nicht abermals in meinem Zimmer erwacht.« Ich erwähnte das Gespräch mit Onkel Wolfgang anderentags.

»Eigentlich wollen wir alle das Gleiche«, sagte ich. »Werner Schülers Mörder finden und seiner gerechten Strafe zuführen. Bei Onkel Wolfgang hat die Sache nur einen Schönheitsfehler. Er hält nach wie vor dich für den Täter.«

»Es wird sich alles zum Guten wenden«, sagte Pascal optimistisch. Er blieb stehen. Ich sah ihm aus nächster Nähe ins Gesicht. »Erinnerst du dich noch an das, was wir einander geschworen haben, Pam?«

»Sehr genau«, sagte ich heiser.

»Ich habe dich geküsst«, berichtete der Mann.

»Du warst der Erste, der das durfte.«

»Du weißt nicht, wie aufgeregt ich vor diesem Kuss war. Und heute bin ich wieder so aufgeregt, denn ich möchte dich wieder küssen.« Wenn ich darauf etwas erwidert hätte, wäre nur etwas Dummes über meine Lippen gekommen, deshalb schwieg ich und fühlte mich unbeschreiblich glücklich, als Pascal seine Arme um mich legte, mich ganz fest an sich drückte und mich so lange innig und leidenschaftlich küsste, dass mir ganz schwindlig wurde.

»Ich liebe dich, Pam«, sagte er leise an meinem Ohr. »Mehr noch als damals. Du bist eine wunderbare Frau, begehrenswert und schön. Und du hältst zu mir, obwohl mich alle anderen fallengelassen haben.«

»Ich werde dich nie fallen lassen, Pascal«, flüsterte ich glücklich. »Denn du bist es wert, festgehalten zu werden.«

Er küsste mich wieder und ich erwiderte den Kuss mit einer himmelstürmenden Hingabe. Ich verlor mich in Pascal Moor, ging buchstäblich auf in diesem wunderbaren Mann. Es gab mich nicht mehr. Es gab nur noch uns und das war wundervoll. Wir setzten unseren Weg fort.

»Ist es noch weit?«, fragte ich.

»Nein, nicht mehr.«

»Was willst du mir eigentlich zeigen?«, wollte ich wissen.

»Das kann ich nicht so sagen, das musst du sehen«, antwortete Pascal. »Fasse dich noch ein bisschen in Geduld. Du wirst sehen, es lohnt sich.«

Ich lachte leise. »Ich bin gespannt wie ein Regenschirm.«

Der Nebel riss auf und ich sah einen toten, blattlosen Baum, der vom Sturm umgerissen worden war, aber nicht auf dem Boden lag. Er war nur teilweise entwurzelt. Mit seinen restlichen Wurzeln krallte er sich noch verzweifelt in die Erde, obwohl er nicht mehr lebte. Trotzig bis in den Tod. Pascal führte mich zu diesem Baum. Er ließ mich darauf Platz nehmen.

Ich schaute ihn verwundert an. »Wozu soll das gut sein?«, fragte ich.

»Wirst du gleich sehen«, sagte er und ich setzte mich. Aber er nahm nicht neben mir Platz, sondern trat hinter mir und legte seine Hände auf meine Schultern.

»Wer kennt das Geheimnis besser als Werner Schüler?«, sagte Pascal. Seine Stimme klang auf einmal merkwürdig hohl. »Er weiß, wer ihn umgebracht hat.«

»Natürlich, aber er kann es uns nicht mehr sagen.«

»Doch, Pam. Er kann.«

Jetzt überlief es mich eiskalt. »Pascal, was redest du denn da?«

»Wir müssen nur ganz fest daran glauben.«

»Wir sind vernünftige Menschen. Wir wissen, dass es noch keiner geschafft hat, aus dem Totenreich zurückzukehren. Denkst du, es wird an die große Glocke gehängt, wenn es einem gelingt? Pascal höre auf, so zu reden. Damit machst du mir Angst.«

»Es gibt besondere Nächte, Pam. In solchen Nächten wird vieles möglich, das normalerweise undenkbar ist.«

»Also, ich bin fast der Meinung, dass du getrunken hast.«

»Starke Ströme durchwandern die heutige Nacht. Wir haben Vollmond und Geister und Dämonen beherrschen die Finsternis. Das Schattenreich tut sich auf und entlässt seine Diener. Sie dürfen tun, was sie wollen, müssen nur vor dem ersten Hahnenschrei wieder dort sein, wohin sie gehören.«

»Pascal nun reicht es wirklich. Wenn du willst, dass ich eine Gänsehaut bekomme, kann ich dir verraten, dass du es bereits geschafft hast.« Ich wollte aufstehen, doch Pascal drückte mich nieder.

»Bleib sitzen, Pam.«

»Warum? Ich will nicht …!«

»Bitte Pam. Interessiert es dich nicht, was ich entdeckt habe?«

»Doch, aber ...«

»Weißt du, wo man Werner Schüler begraben hat?«

»Auf dem Dorffriedhof hinter der Kirche nehme ich an.«

»Nein, Pam. Sie haben ihn hier verscharrt. Niemand wollte ihn auf dem Friedhof haben.«

»Hier?«, fragte ich schrill und ich wollte wieder aufspringen, doch abermals hinderte mich Pascal daran. »Das glaube ich nicht!«

»Habe ich dich schon einmal belogen? Haben wir uns nicht schon als Kinder geschworen, immer ehrlich zueinander zu sein?«

Zum ersten Mal zweifelte ich an Pascals Verstand.

»Konzentriere dich, Pam«, verlangte Pascal von mir.

»Worauf?«, fragte ich gereizt.

»Auf das Grab.«

»Jesus, hier gibt es doch kein Grab. Was versuchst du mir denn da einzureden?«

»Es befindet sich direkt vor dir«, sagte Pascal.

»Ich sehe nicht mal einen Hügel. Nur Gras.«

»Und unter diesem Gras liegt er. Du musst dich auf ihn konzentrieren.«

»Pascal, nun ist es aber wirklich genug«, sagte ich ärgerlich. »Was soll das? Was bezweckst du mit deinem lächerlichen Hokuspokus?«

Plötzlich sagte Pascal Moor genau das, was Pepe Hufmüller gesagt hatte. »Das Grab wird sich öffnen und die rächende Hand wird den Täter treffen ...« und er sagte die Wahrheit!

Mein Gott, das Grab öffnete sich wirklich. Nebelschleier krochen über den Boden, deshalb war nichts Genaues zu erkennen, aber mir war, als würde der grasbewachsene Boden von unten mit großer Kraft hochgedrückt. Die Erde wölbte sich, und als der Nebel abgezogen war, sah ich einen morschen Sargdeckel mit einem großen Kreuz darauf. Der Deckel war verschoben und einige Gegenstände schienen aus dem Sarg herausgefallen zu sein. Grabbeigaben? Ich sah ein dickes Buch mit braunem Lederrücken. Die Bibel vielleicht? Und da waren auch ein silberner Kerzenständer und ein weißer Briefumschlag, nicht verschlossen.

Ich sprang entsetzt auf und Pascal hinderte mich nicht mehr daran. Er hatte anscheinend die Wahrheit gesagt. Wir hatten tatsächlich ein Grab vor uns. Mir war es unbegreiflich, dass sich dieses Grab vor unseren Augen auftat, aber es war so, ich konnte es ganz genau sehen. Sehen, aber keinesfalls begreifen. Auf der anderen Seite des Sargdeckels lugte ein Stück weißen Stoffs hervor. Werner Schülers Totenhemd vielleicht?

›Wenn er jetzt aufsteht, trifft mich wahrscheinlich der Schlag‹, dachte ich bestürzt. »Pascal, wieso ...«, krächzte ich, während ich ängstlich und zitternd zur Seite wich. Um nicht auf den langen Saum meines Kleides zu treten und womöglich zu stürzen, krallte ich die Finger in den Stoff und hob ihn hoch. Ein Buch, ein Brief, ein Kerzenständer. Welch merkwürdige Grabbeigaben ... Die Angst drohte mir die Besinnung zu rauben, als ich sah, wie sich unter dem Sargdeckel eine bleiche Totenhand hervorschob.

»Pascal!«, keuchte ich und wagte nicht den Blick zu wenden. Pascal antwortete nicht. Ich hatte grauenvolle Angst und ich wünschte mir, dass Pascal wieder meine Hand nahm und mit mir die Flucht ergriff. Die bleiche Hand drückte den Sargdeckel hoch. Dadurch konnte das fahle Mondlicht in den Sarg fallen und ich sah einen dicken weißhaarigen Mann mit Brille. Werner Schüler!

»Das Grab wird sich öffnen und die rächende Hand wird den Täter treffen ...« Pepe Hufmüller hatte das gesagt und Pascal hatte es ebenfalls gesagt. Mit denselben Worten. War das Zufall?

»Pascal!«, rief ich außer mir vor Angst. Doch der Mann war nicht mehr da. Ihn musste der Mut verlassen haben. Er war allein geflohen. Ohne mich! Pascal hatte mich einfach im Stich gelassen.

›Das hätte ich dir nicht zugetraut, Pascal Moor!‹, dachte ich zutiefst enttäuscht. ›Das ist schäbig!‹

Der Sargdeckel knirschte und knarrte. Wieso war er schon so morsch? So lange war doch Werner Schüler noch gar nicht tot.

›Denk doch jetzt nicht an sowas!‹, schrie es in mir. ›Sieh zu, dass du fortkommst! Schüler mag es nicht, wenn man seine Kreise stört!‹

Aber das hatte ich bereits getan, und der zu neuem Leben erwachte Tote starrte mich deswegen böse und grausam an. Sein fahles Gesicht verschwamm, als sich meine Augen mit Tränen füllten. Krachend fiel der Deckel zur Seite und Werner Schüler setzte sich auf.

›Ich bin wahnsinnig‹, dachte ich. ›Ich muss den Verstand verloren haben. Das gibt es nicht, das ist unmöglich. Schüler ist tot. Er kann nicht zurückkommen. Das ist keine besondere Nacht. Wir haben lediglich Vollmond. Unsinn, alles ist Unsinn, was Pascal gesagt hat.‹

Aber es war panikerregende Wirklichkeit, das Werner Schüler aus dem Grab stieg. Er wandte sich zu mir.

›Pascal hat mich in Stich gelassen!‹, schrie es immer wieder in mir. ›Er rettete sich nur sich selbst, verschwendete keinen Gedanken an mich. Wie konnte er behaupten, er liebe mich? Alles Lüge Pascal Moor! Jetzt zeigst du dein wahres Gesicht. In der Not lernt man seine Freunde kennen. Schäm dich, Pascal. Wie konnte ich nur so dumm sein, dir helfen zu wollen? Du bist es nicht wert. Sollen sie doch mit dir machen, was sie wollen. Von mir hast du keine Hilfe mehr zu erwarten. Ich stehe jetzt auf der Seite meiner Verwandten. Vielleicht werde ich auch mithelfen, dich aus unserem Ort zu vertreiben, denn du verdienst es nicht besser.‹

Ich dachte an das, was vor mir lag. Aber hatte ich noch eine Zukunft? Werner Schüler starrte mich durch die dicken Gläser seiner Brille durchdringend an. Wollte er mich hypnotisieren? Ich schlug den Blick hastig nieder.

›Flieh!‹, dachte ich. ›Herr Gott noch mal, steh hier nicht herum. Lauf weg! Worauf wartest du?‹ Ohne Schüler noch einmal anzusehen, drehte ich mich um und stürmte los. ›Weg! Weg! Nur weg!‹

Das Gras war weich und dicht und reichte mir bis an die Waden. Ich musste die Füße sehr hoch heben.

›Es wird dich ermüden‹, dachte ich. Im nächsten Moment stolperte ich, verlor das Gleichgewicht und fiel. Ein glühender Schmerz durchzuckte meinen rechten Ellenbogen. Ich schaute zurück und sah, dass Schüler mir folgte. Großer Gott, er war mir schon ganz nahe. Schluchzend sprang ich auf und rannte weiter. Aber ich war ohne jede Orientierung. Als ich mit Pascal hergekommen war, hatte er mich geführt und ich hatte nicht auf den Weg geachtet, weil ich damit rechnete, dass er mich auch wieder zurückbegleitete. Doch nun war Pascal verschwunden und ich war auf mich allein gestellt.

›Ich hasse dich, Pascal Moor!‹ Vor ganz kurzer Zeit war ich neu in ihn verliebt, doch nun loderte die kalte Flamme des Hasses in meiner Brust und ich wünschte Pascal alles Schlechte. Auf gut Glück entschied ich mich für eine Richtung und konnte nur hoffen, dass es nicht die Falsche war. Ab und zu warf ich einen gehetzten Blick zurück und jedes Mal musste ich feststellen, das der Täter immer noch hinter mir her war.

Obwohl er nicht so schnell lief wie ich, war es mir unmöglich ihm davon zu rennen. Ich verlor immer wieder wertvolle Zeit, wenn ich mich in den Zweigen des Gebüschs verhedderte oder ich Bäumen ausweichen musste. Zeit, die meinem schrecklichen Verfolger zugutekam. Ich hätte das Haus nicht verlassen sollen. Aber ich hatte geglaubt, Pascal meinte es ehrlich mit mir. Dabei hatte er nur jemanden gebraucht, der für ihn im Haus der Arends Augen und Ohren offen hielt. Er hatte mich eiskalt benutzt. Wie konnte er nur so einen miesen Charakter bekommen haben? Er war früher nie so gewesen.

›Ich hasse Dich, Pascal Moor!‹, dachte ich wieder. Und ich nahm mir vor, mich zu rächen. In dieser grauenvollen Lage sollte er mich nicht unbestraft gebraucht haben.

›Das zahle ich dir heim, Pascal Moor!‹ Ich weiß nicht, wie ich es schaffte, das alte Herrenhaus wieder zu finden. Es muss wohl sehr viel Glück dabei gewesen sein. Schüler hatte noch nicht von mir abgelassen. Ich sah ihn durch den Nebel eilen, bevor ich hastig das Tor schloss. Mein Herz schlug bis in den Hals hinauf. Schweiß bedeckte meine Stirn und ich zitterte wie Espenlaub.

Mit langen Schritten lief ich durch die finstere Halle und ich war nahe dran, alle meine Verwandten um Hilfe zu rufen. Ich würde es tun, wenn Werner Schüler nicht draußen blieb. Was wollte er denn noch von mir? Ich hatte ihn nicht ermordet und ich würde auch nie wieder seine Kreise stören. Genügte ihm das nicht?

›Geh und such deinen Mörder, aber lass mich in Ruhe!‹ Schweratmend erreichte ich die Treppe. Vielleicht war Schüler jetzt am Tor. Ich spürte, dass mich die Kräfte verlassen wollten.

»Die Treppe noch!«, sagte ich mir. »Beiß die Zähne zusammen. Du musst noch bis zum Obergeschoss durchhalten. Dann sind es nur noch ein paar Schritte bis zu deinem Zimmer, in dem du dich einschließen kannst. Nimm dich zusammen, Pam. Du darfst jetzt nicht schlappmachen - so knapp vor dem Ziel. Wenn du durchhältst, wenn es dir gelingt, dein Zimmer zu erreichen, kann dir nichts mehr passieren. Dann kannst du Schüler aussperren.«

Ich mobilisierte meine Kraftreserven, zog mich am Geländer hoch. Jede Stufe war eine Qual für mich, aber ich kämpfte verzweifelt um mein Leben, dass ich durch Werner Schüler bedroht sah.

›Weiter! Weiter, Pam! Nicht stehen bleiben.‹ So trieb ich mich an. Als ich das obere Ende der Treppe erreichte, spürte ich, dass Schüler das Haus betreten hatte. Sehen konnte ich ihn nicht, doch in mir befand sich eine hochempfindliche Antenne, die anscheinend auf die böse Ausstrahlung des Toten ansprach. Ich strich mir eine Haarsträhne aus dem Gesicht und legte die letzten Meter zurück. Mein Zimmer ... die Rettung!

Mein Busen hob und senkte sich rasch, doch mir war, als würde ich nie genug Sauerstoff mit den Atemzügen in die Lungen bekommen. Ich hatte ein schreckliches Stechen in der Seite und an meinen

Schuhen schienen Bleisohlen zu hängen. Noch nie hatte ich mich so angestrengt. Endlich erreichte ich die Tür, öffnete sie und wankte hinein. Ich schloss sie, so schnell ich konnte und griff sofort zum Schlüssel … zumindest hatte es einen gegeben. Jetzt steckte er nicht mehr. Bisher hatte ich es nicht für nötig gehalten, mich einzuschließen, aber es gab einen Schlüssel. Jetzt steckte er nicht mehr im Schloss. Jemand hatte ihn fortgenommen. Absichtlich? Unabsichtlich? Was spielte das jetzt noch für eine Rolle? Ich konnte nicht abschließen und Werner Schüler befand sich auf dem Weg zu mir.

Die halbe Treppe musste er schon zurückgelegt haben. Vielleicht hatte er bereits das Obergeschoss erreicht. Ich sah diesen unheimlichen bleichen Mann vor meinem geistigen Auge den Flur entlang schleichen. Niemand außer mir wusste, dass er im Haus war und von mir würde es bald keiner mehr erfahren können, denn Schüler war nicht zu mir unterwegs, um mir seine Freundschaft anzubieten. Er hasste mich, weil ich mich in seine Angelegenheiten gemischt hatte. Dafür wollte er mich bestrafen. Ich wich von der Tür weg, zitterte.

›Du hast mir einen Mordsschrecken eingejagt, Werner Schüler‹, dachte ich verzweifelt. ›Lass es damit genug sein. Nie wieder werde ich etwas tun, dass dir nicht gefällt. Ich schwöre es bei allem, was mir heilig ist.‹

Seine tappenden Schritte näherten sich der Tür. Ich wich bis zum Bett zurück, legte die Hände auf meine erhitzten Wangen und machte in diesen Augenblicken Entsetzliches mit.

›Wieso streikte mein Herz noch nicht? Wie konnte es diese grauenvolle Belastung aushalten?‹ Obwohl es finster war, sah ich, wie sich die Klinke langsam nach unten bewegte.

›Er kommt!‹, durchzuckte es mich. In der nächsten Sekunde öffnete sich bereits die Tür und ich schloss mit meinem Leben ab. Jetzt war ich dem unheimlichen Spuk rettungslos ausgeliefert. Aus diesem Zimmer war keine Flucht mehr möglich. Hier würde ich ein Opfer des Unmöglichen werden. Es war unmöglich, das Werner Schüler in die Welt der Lebenden zurückkehrte … aber er befand sich in meinem Zimmer.

Langsam näherte er sich mir. Ich konnte mich nicht mehr auf den Beinen halten. Sie knickten ein und ich fiel kraftlos auf das Bett. Ein letztes Mal flackerte noch mein Lebenswille auf und ich fing an, wie von Sinnen, um Hilfe zu schreien.

Kapitel 9

Mein Gott, so viele Menschen wohnten mit mir in diesem Haus. Es musste doch einem möglich sein, mir das Leben zu retten. Das blasse Gesicht des Spuks verzerrte sich vor Zorn. Ich schrie weiter, schrie ohne Unterlass, bis die Tür aufgestoßen und Licht gemacht wurde. Tante Liz stürzte in mein Zimmer. Verdattert mit Knitter im Gesicht, das braune Haar zerzaust. Meine Schreie mussten sie aus tiefstem Schlaf gerissen haben.

»Pam!«, rief sie außer sich vor Sorge um mich. »Mein Gott, Pam, was ist denn? Was hast du denn?«

Ja, was hatte ich wirklich? Ich konnte es nicht begreifen. Nichts und niemand, außer uns beiden befand sich im Raum. Meine Angst war völlig unbegründet. Einen Werner Schüler gab es nicht. Ich saß auch nicht auf dem Bett, sondern befand mich darin. Und ich hatte auch nicht dieses altertümliche Kleid an, sondern mein Nachthemd, das so verschwitzt war, dass man es auswringen könnte. Schluchzend klammerte ich mich an meine Tante.

›Ein Traum‹, dachte ich. ›Es war alles nur ein schrecklicher Traum.‹

»Geht es dir wieder besser, Pam?«, fragte Tante Liz nach einiger Zeit besorgt.

Meine Schreie hatten nach und nach die ganze Verwandtschaft in mein Zimmer geholt. Alle hatten besorgt nach mir gesehen und ich musste jedem erklären, das ich nur schlecht geträumt hatte. Auch Max war erschienen und Tante Liz hatte ihn gebeten, eine Schlaftablette zu holen, die ich nehmen sollte.

Allmählich entspannte ich mich. Die Angst war gewichen. Mattigkeit schlich durch meinen Körper und setzte sich zunächst in den Gliedern fest. Dann kroch sie langsam zu meinem Kopf hoch. Ich hatte Grauenvolles durchgemacht - wenn auch nur im Traum. Für mich war es fürchterliche Realität gewesen. Unendlich erleichtert war ich nun, weil das alles nie wirklich passiert war. Ich hatte das Haus nicht verlassen, um Pascal zu treffen. Ich war mit ihm nicht durch den unheimlichen Nebel gegangen. Er hatte mich nicht zu Werner Schülers Grab geführt und mich auch nicht im Stich gelassen. Schüler war seinem Grab nicht entstiegen und hatte mich nicht verfolgt. Es war alles in Ordnung und dafür dankte ich dem Himmel. Ich machte Pepe Hufmüller für meinen Albtraum verantwortlich. ›Das Grab wird sich öffnen und die rächende Hand wird den Täter treffen.‹ Diese Worte hatten den furchtbaren Traum ausgelöst.

»Ja, Tante Liz«, sagte ich leise. »Jetzt geht es mir wieder gut. Du brauchst nicht länger bei mir zu bleiben. Ich danke dir, dass du so rasch zu mir gekommen bist. Aber nun solltest du wieder zu Bett gehen. Ich möchte dir nicht noch mehr von deinem Schlaf rauben.«

»Das macht doch nichts«, sagte meine Tante gütig lächelnd. »Ich kann morgen ausschlafen.«

»Du bist sehr nett, Tante Liz«, sagte ich und die Mattigkeit machte sich auch in meinem Gehirn breit. Sie drückte sanft auf meine Lider und ich hatte Mühe, die Augen offenzuhalten.

»Möchtest du mir von deinem Traum erzählen?«, fragte Tante Liz.

Ich hatte es bisher noch nicht getan.

»Nein«, sagte ich, denn sie hätte nicht gern gehört, dass ich mich aus dem Haus geschlichen hatte, um mich mit Pascal Moor zu treffen, wenn es auch nur im Traum gewesen war.

»Na, schön, dann schlafe jetzt«, sagte Tante Liz und tätschelte meine Wange. Ich spürte die Berührung nicht mehr richtig. »Wir können uns morgen unterhalten«, sagte Tante Liz.

›Hoffentlich findet der schreckliche Traum keine Fortsetzung‹, dachte ich. Aber dann sagte ich mir, dass ich mich auf die Tablette verlassen konnte. Sie würde mir das Tor zu einem tiefen, traumlosen Schlaf ganz weit aufstoßen. Und so war es dann auch. Ich merkte nicht einmal mehr, wie Tante Liz mein Zimmer verließ. Der Schlaf, der mich übermannte, hatte Ähnlichkeit mit einer Ohnmacht.

Am nächsten Morgen erschien ich erst sehr spät zum Frühstück, aber Onkel Wolfgang sah mir das nach. Erstens wusste er von meinem Albtraum und zweitens erschien Tante Liz noch später als ich.

Alle waren sehr freundlich zu mir, nahmen Anteil an meinem Befinden, wollten wissen, wie es mir ging. Nach dem Frühstück begab ich mich wieder auf mein Zimmer. Das Bett war noch unordentlich. Ich schüttelte das Kissen auf. Dabei entdeckte ich einen Zettel, der darunter lag und auf dem mit krakeliger Schrift stand: ›Störe meine Kreise nicht, sonst hole ich dich zu mir!‹

Sofort war die Angst wieder da und Zweifel meldeten sich. Dieser Zettel sah nach einer Botschaft von Werner Schüler aus. Aber ich träumte jetzt nicht, sondern war wach. Was ich mit Schüler erlebt hatte, war keine Wirklichkeit gewesen. Dieser Zettel aber war Realität. Das Papier knisterte zwischen meinen Fingern. Traum und Wirklichkeit ... Wie waren sie in Einklang zu bringen? War das überhaupt möglich? Können Träume wahr werden? Danach sah es aus. Ich setzte mich auf die Bettkante und blickte verwirrt auf den Zettel. Wie und wann war er unter mein Kopfkissen gekommen? Hatte ihn Werner Schüler darunter versteckt? Das hätte bedeutet, dass er doch mein Zimmer betreten hatte.

Ich warf den Zettel fort, als wäre etwas Ekliges darübergekrochen. Und ich sagte mir, ich solle aufhören, die Möglichkeit auch nur in Erwägung zu ziehen, Schüler habe sein Grab verlassen. Das war verrückt, absurd. So etwas hatte es noch nie gegeben und würde es niemals geben. Seit jeher haben die Menschen Angst vor den Toten. Der Tod ist ihnen unheimlich, das, was danach kommt, ein großes Rätsel. Immer wieder kehrten in alten Legenden und Sagen Tote zurück, aber es sind von Menschen erfundene Geschichten, die jeglicher Wahrheit entbehren.

»Nun«, flüsterte ich. »Er kann nicht zurückgekehrt sein. Aber wer hatte dann den Zettel unter mein Kissen gelegt?«

Wenn es Schüler nicht getan hatte, kam dafür nur einer meiner Verwandten in Frage. Was bezweckte er damit? Dass ich an meinem Verstand zweifelte? Wollte er damit das Feuer schüren, das der Albtraum entfacht hatte und das immer noch in mir schwelte? Zielte diese Warnung darauf ab, dass ich mich von Pascal Moor klar erkennbar distanzierte und keinen Versuch mehr unternahm, nach der Wahrheit zu suchen? Ich hätte jetzt gern Pascal bei mir gehabt. So vieles hätte ich ihm erzählen können. Wann man über etwas spricht, kommt man leichter darüber hinweg. Oh Pascal, ich habe in meinem Traum so furchtbar schlecht von dir gedacht, bitte verzeih. Ich weiß, dass du mich niemals im Stich lassen würdest. Du bist ein wahrer Freund. Man kann sich auf dich verlassen. Ich bin sicher, du würdest dein Leben für mich geben. Dieser verrückte Traum … entschuldige, Pascal … aber auf Träume hat man keinen Einfluss. Ich kann nur sagen, dass ich mich für diesen Traum schäme.

Am Nachmittag kam Lenny zum Kaffee. Er war nicht nachtragend, hatte die kleine Unstimmigkeit von neulich schon wieder vergessen und war sehr nett zu mir. Ich hatte immer noch die allerbesten Chancen bei ihm, aber mein Herz würde nie ihm gehören. Unwillkürlich dachte ich wieder an meinen Traum, der auch einige wunderschöne Augenblicke gehabt hatte. Als Pascal mich in seine Arme nahm und küsste, befand ich mich im siebten Himmel. Das konnte Lenny nie erreichen. Schade. Ein

Leben an seiner Seite wäre bestimmt problemloser verlaufen, als an Pascals Seite.

Ich erschrak ein wenig. Wie kam ich dazu, mir schon ein Leben an Pascals Seite vorzustellen? Dazu gab es überhaupt keine Veranlassung. Pascal und ich waren sehr gute Jugendfreunde. Oder waren wir mehr?

Der junge Polizist unterhielt sich vor allem mit mir, während wir alle gemeinsam Kaffee tranken. Er ließ durchblicken, dass er gern mal wieder mit mir ausgehen würde. Dann musterte er mich neugierig, um zu sehen, wie ich auf seine Antworten reagierte. Ich tat so, als hätte ich sie nicht verstanden. Kim schaute mich verwundert an. Wahrscheinlich hielt sie mich in diesem Moment für so schwachsinnig wie Pepe Hufmüller, doch das war mir egal.

Onkel Wolfgang zog das Gespräch an sich. Während er nach einem schönen großen Stück Kuchen griff, nahm er die Gelegenheit wahr - da er schon mal einen Polizeibeamten im Haus hatte - zu fragen, was es im Dorf Neues gab. Ich war ihm dafür dankbar, denn nun musste sich Lenny mehr mit ihm befassen. Natürlich interessierte Onkel Wolfgang nur ein Thema und das hieß Pascal Moor. Da es auch mich brennend interessierte, hoffte ich ebenfalls, etwas über Pascal zu erfahren. Es gab nur einen Unterschied: Was mich freute, ärgerte meinen Onkel und was ihn freute, ärgerte mich.

»Neuigkeiten und Sensationen sind hier im Ort seit jeher rar«, sagte Lenny.

»Noch Kaffee?«, fragte Kim.

»Nein, vielen Dank«, antwortete er. Er wandte sich wieder an Onkel Wolfgang.

Kim hatte ihn mit ihrer Frage ein bisschen verwirrt. Er schien für einen Augenblick den Faden verloren zu haben, er blinzelte kurz. Vielleicht lag ihm die Frage auf der Zunge, wo war ich stehen geblieben? Doch dann fand er den Faden wieder und fuhr fort.

»Seit Pascal Moor zurückgekehrt ist, hat sich das allerdings geändert.«

»Hat er denn schon wieder etwas angestellt?«, fragte Onkel Wolfgang mit großem Interesse.

Ich unterdrückte meine aufkeimende Wut. Mein Blick saugte sich an Lennys Lippen fest. ›Sprich weiter‹, dachte ich. ›So sprich doch schon weiter.‹

»Er war in einer Rauferei verwickelt«, erzählte Lenny. Tat er es mit innerer Genugtuung?

Onkel Wolfgang machte keinen Hehl daraus, dass er sich über diese Nachricht freute. Jede Art von Schwierigkeit, die Pascal hatte, war ihm willkommen. Pascal sollte der Aufenthalt im Dorf gründlich verdorben werden. Trotz stieg in mir hoch. Ich blickte Onkel Wolfgang kampflustig an und dachte: ›Gib nicht auf, Pascal! Lass dich nicht unterkriegen! Ich stehe hinter dir!‹

»Er hat also Streit angefangen, dieser Raufbold«, sagte Onkel Wolfgang grinsend.

Ich wusste, das Pascal so etwas nie tun würde. Er liebte den Frieden, wollte seine Ruhe haben. Den Streit mussten andere vorn Zaun gebrochen haben. Ich konnte mir vorstellen, wie sie es gemacht hatten. Sie hatten Pascal so lange provoziert, bis das Maß voll gewesen war. Sie hatten ihm keine andere Wahl gelassen. Er musste zu schlagen. Und sobald er das getan hatte, riefen sie die Polizei.

»Nun, ich weiß nicht, ob Pascal angefangen hat«, sagte Lenny. Er war wenigstens so fair, das zuzugeben. »Das ließ sich hinter her nicht mehr beweisen.«

›Ich bin sicher, alle behaupteten, Pascal hätte angefangen‹, dachte ich zornig.

»Fest steht nur, das es eine handfeste Schlägerei gegeben hat«, sagte Lenny. »Pascal schlug sich gleich mit mehreren.«

Onkel Wolfgang biss genüsslich in seinen Kuchen, schluckte und sagte: »Moor hat natürlich den Kürzeren gezogen. Tja, er ist eben kein Supermann.«

»Polizeiwachmeister Wohlfahrt hat ihn festgenommen und über Nacht in die Zelle gesteckt.«

Die Empörung ließ es heftig in meinen Schläfen pochen. »Und die anderen?«, fragte ich. »Hat er die auch festgenommen?«

»Nein«, sagte Lenny.

»Und warum nicht?«

»Weil sie einstimmig ausgesagt haben, Pascal sei plötzlich rabiat geworden und hätte sie angegriffen.«

»Glaubst du das?«, fragte ich leidenschaftlich.

»Es geht nicht darum, was ich glaube«, erwiderte Lenny. »Ich kann nur sagen, dass sich Polizeiwachmeister Wohlfahrt richtig verhalten hat. Bei all dem Unglück hatte Pascal noch das Glück, das diese Leute von einer Anzeige absehen, sonst hätte ihn Wohlfahrt nicht heute Morgen schon wieder frei gelassen.«

Glück nannte er das. Man hatte Pascal provoziert, geschlagen, eingesperrt und Lenny sprach von Glück. Mein Mitleid brannte schmerzhaft in meiner Brust. Ich fragte mich, wie übel diese Schläger Pascal zugerichtet hatten, und hatte den Wunsch, ihn zu sehen. Vielleicht befand er sich jetzt allein in seinem Haus und kam sich einsam und verlassen vor. Aber das war er nicht. Je mehr sie ihm das Leben zur Qual machten, desto mehr schmiedeten sie mich mit ihm zusammen. Onkel Wolfgang ließ ein Lachen hören, das mich auf die Palme brachte.

Ich glaubte zu wissen, was er in diesem Augenblick dachte: ›Was ich in die Wege geleitet habe, trägt bereits erste Früchte!‹

So ungefähr mussten seine Gedanken sein. Wir wussten es alle. Dass seine Familie damit einverstanden war, war mir verständlich. Aber das Lenny darüber hinwegging, ohne mit der Wimper zu zucken, war mir unbegreiflich. Man hatte Pascal tätlich angegriffen und der heimliche Drahtzieher war Wolfgang Arend. Warum unternahm Lenny nichts gegen ihn? Warum erwähnte er mit keiner Silbe, dass er Bescheid wusste? Hatte er Angst vor Onkel Wolfgang? Fürchtete er um seine Karriere, die ihm mein Onkel eventuell verderben könnte?

Onkel Wolfgang schüttelte den Kopf. »Dieser Pascal Moor. Er zieht die Schwierigkeiten an wie das Licht die Motten. Vielleicht wird ihm beim nächsten Mal Polizeiwachmeister Wohlfahrt nicht so schnell wieder frei lassen.«

›Es darf kein nächstes Mal geben!‹, dachte ich zornig. ›Pascal ist auf der Suche nach dem wahren Täter. Wenn er ihn gefunden hat, werdet ihr ihn in Ruhe lassen müssen.‹

Nach dem Kaffee verabschiedete sich Lenny. Er sagte zu mir, er hätte übermorgen frei und wollte wissen, ob ich Lust hätte, mit ihm irgendetwas zu unternehmen. Da alle Verwandten zuhörten und es begrüßten, wenn ich mich mit dem jungen Polizisten abgab, kam ich mit meiner Standardantwort, die mich zu nichts verpflichtete. »Mal sehen.«

»Ich ruf dich an«, sagte Lenny.

Ich nickte und er ging.

Tante Liz nahm sich meiner an. Wir waren allein in der Stube und meine Tante wollte wissen, ob ich immer noch nicht bereit war, mit ihr über meinen Albtraum zu sprechen.

»Das würde dir bestimmt gut tun«, sagte sie. »Du darfst das nicht so in dich rein tun. Das wäre schlecht. Der Traum könnte dich wieder quälen.«

»Ich kann mich nicht mehr an alles erinnern«, sagte ich, aber das stimmte nicht. Jede Einzelheit dieses entsetzlichen Traums hatte sich unauslöschlich in mein Gedächtnis eingebrannt. Ich wollte auf gar keinen Fall Pascal ins Gespräch bringen, denn was ich dann von meiner Tante zu hören bekommen hätte, wusste ich schon im Voraus.

»Erzähle mir das, was du noch weißt«, forderte mich Tante Liz auf.

»Ich folgte meinen inneren Zwang, musste das Bett verlassen und aus dem Haus gehen. Ich trat in eine unheimliche Nacht, die voller gespenstischer Geräusche war.«

Tante Liz hörte mir gespannt zu. Sie schien sich das bildlich vorzustellen.

»Ich folgte einem geheimnisvollen Lachen«, fuhr ich fort. »Dabei entfernte ich mich immer mehr vom Haus und ... plötzlich stand ich vor einem Grab. Es befand sich irgendwo. Nicht auf dem Dorffriedhof ... du weißt, dass ich mit Kim bei Pepe Hufmüller war.«

»Ja, natürlich.«

»Er sagte unter anderem: Das Grab wird sich öffnen und die rächende Hand wird den Täter treffen ... er meinte damit Werner Schülers Hand. Dieser Satz muss meinen Albtraum ausgelöst haben. Er ließ mich Schülers Grab finden und es öffnete sich tatsächlich.«

Tante Liz`s Augen weiteten sich. »Wie schrecklich. Schüler stieg aus seinem Grab und ... mich hätte wahrscheinlich im Schlaf der Schlag getroffen, wenn ich das geträumt hatte«, sagte meine Tante schauernd.

»Ich ergriff die Flucht. Schüler verfolgte mich.«

»Dich? Aber warum denn dich? Du hast ihm doch nichts getan, als er noch lebte. Du warst ja noch nicht mal im Ort.«

»Träume haben ihre eigenen Gesetze, ihre eigene Logik, Tante«, sagte ich. »Nichts ist unmöglich. Alles kann passieren. Manchmal kann man sogar fliegen. Ja, das ist wahr. Schüler verfolgte mich bis in dieses Haus und er kam auch in mein Zimmer. Da fing ich an zu schreien, wie ...«

»Und ich eilte dir zu Hilfe.«

»Du warst die Retterin in höchster Not«, sagte ich. »Wer weiß, was Werner Schüler mir angetan hätte.«

»Nichts. Er hätte dir nichts antun können«, sagte Tante Liz. »Das Gute an schrecklichen Träumen ist, das wir sie unbeschadet überleben. Wir bilden uns die Gefahr nur ein. Sie ist nicht wirklich vorhanden. Deshalb kann sie uns auch keinen Schaden zufügen. Du armes Mädchen. Ich fühle mit dir. Es muss der entsetzlichste Traum gewesen sein, den du je hattest.«

»Er ist zum Glück überstanden.«

»Ja. Heraufbeschworen hast du ihn aber selbst. Du hättest nicht zu Pepe Hufmüller gehen sollen. Der Mann redet so viel dummes Zeug.«

»Was euch jedoch nicht hindert, zu glauben, was er über Pascal Moor sagte«, meinte ich.

»Das ist etwas anderes. Den Mord hat er mit eigenen Augen beobachtet. Er war betrunken, wann ist er das nicht?«, fragte meine Tante.

»Und so einem schwachsinnigen, unzuverlässigen Menschen glaubst du?«

Meine Tante ließ zwischen uns einen Vorhang fallen. Sie versteifte sich und sagte, dass sie über dieses unleidliche Thema nicht weiter mit mir sprechen wolle, und sie gab mir den Rat, mich nicht mehr so leidenschaftlich für Pascal einzusetzen. Erstens sei er das nicht wert und zweitens könne ich mir damit eine bittere Enttäuschung ersparen. Sie empfahl mir, mich mehr mit Lenny zu beschäftigen. Aber diese Entscheidung musste sie schon mir überlassen.

Kim löste Tante Liz ab. Wieder einmal ging ich von Hand zu Hand, während mein Wunsch Pascal zu sehen, immer größer wurde. Sie hatten ihn geschlagen. Ich wollte wissen, wie er sich fühlte. Vielleicht konnte ich irgendetwas für ihn tun. Er sollte jetzt nicht allein sein. Aber es kam natürlich nicht in Frage, das ich Kim erlaubte, mich zu ihm zu begleiten. Ich wollte mit Pascal alleine sein. Während ich mich mit meiner Cousine über belanglose Dinge unterhielt, überlegte ich mir, wie ich sie austricksen könnte und mir kam eine Idee.

Ich massierte meinen Magen und behauptete, ich hätte Hunger. Kim schaute mich überrascht an, schöpfte aber keinen Verdacht. Sie sagte, Max könne mir etwas bringen, doch ich war der Meinung, deshalb müsse man nicht Max bemühen.

»Ich bin alt genug, um mir selbst ein Stück Brot nehmen zu können«, sagte ich lächelnd und erhob mich. »Bin gleich wieder hier. Soll ich dir etwas mitbringen?«

Kim schüttelte den Kopf. »Danke, nein.« Genau das hatte ich hören wollen.

Kapitel 10

Ich begab mich in die Küche und verließ durch eine schmale Tür das Haus. Ich eilte durch den Gemüsegarten und verschwand später im Wald.

Noch wartete Kim. Noch war sie nicht unruhig. In zehn Minuten würde sie nach mir suchen. Sie würde den Trick durchschauen und sich ärgern.

Aber meine Verwandten zwangen mich zu diesen Unehrlichkeiten. Ich hatte ja überhaupt keine Freiheiten mehr. Sie machten mich zu ihrer Gefangenen, die sie ständig bewachten, damit ich nicht mit Pascal zusammenkam. Aber ich hatte eine Möglichkeit gefunden, das Haus allein zu verlassen und es war mir egal, welche Folgen das haben würde.

Ich rechnete damit, dass Pascal zu Hause sein würde und so war es auch.

Ein nettes kleines Häuschen war es, das auf einem kleinen Hügel stand, gepflegt und sauber wirkte es. Aber das hätte Werner Schüler nicht gestört, es niederzureißen, denn er war nur an dem Land interessiert, auf dem es stand. Wahrscheinlich war das der Hauptgrund gewesen, weshalb Pascal an den Großgrundbesitzer nicht verkaufen wollte. Ich klopfte und Pascal öffnete die Tür.

»Pam!« Er strahlte über das ganze Gesicht, das mit Schwellungen, Kratzern und Blutergüssen übersät war. »Schön, dich zu sehen«, sagte er.

»Ich habe gehört, was geschehen ist.«

Er lachte bitter. »Sie haben mich wieder einmal eingesperrt. Es gibt nichts, was sie lieber tun. Aber dieses Mal war ich wenigstens nicht völlig unschuldig. Die Kerle, die mich so lange reizten, bis ich zu schlug, sehen genauso aus wie ich. Der Unterschied ist nur, dass sie die Nacht in keiner Zelle verbringen mussten.« Wir gingen ins Wohnzimmer. Auf dem Sofa lag eine Decke. Pascal hob sie auf und legte sie zusammen.

»Du kannst dich ruhig wieder hinlegen«, sagte ich.

Er schüttelte den Kopf. »Kommt nicht in Frage. So lieben Besuch bekomme ich nicht alle Tage. Da lege ich mich doch nicht aufs Ohr und tu so, als wäre es nur irgendjemand.« Er forderte mich auf, mich zu setzen. »Darf ich dir etwas anbieten?«, erkundigte er sich. Ich lehnte dankend ab. In allen Farben schillerten seine Flecken und das Mitleid, das ich empfand, biss sich in mein Herz.

Er erzählte mir, wer ihn bis zur Weißglut gereizt hatte. Ich kannte diese Kerle. Ihre Familien hatten nicht den besten Ruf im Dorf. Das störte sie jedoch nicht, sich selbst weit über Pascal zu stellen.

Ich wollte mich um Pascals Blessuren kümmern. Er lehnte ab, doch ich bestand darauf und er gab schließlich nach. Unter dem Hemd hatte er eine Verletzung, an die er nicht herankam. Sie befand sich zwischen den Schulterblättern. Tiefe, blutverkrustete Kratzer waren es, die ich sorgfältig säuberte, bevor ich sie mit einer weißen Heilsalbe dick bestrich und mit Mull abdeckte. Während ich arbeitete, sprach ich über meinen furchtbaren Traum, der mich immer noch nicht losgelassen hatte. Pascal zog sein Hemd wieder an und schaute mir vorwurfsvoll in die Augen. »Schämst du dich nicht, so schlecht von mir zu träumen?«

Ich senkte den Blick. »Doch.«

»Niemals würde ich dich im Stich lassen.«

»Ich weiß.«

Er griff nach meinen Schultern. Wir standen uns gegenüber. Eine Armlänge nur trennten unsere Herzen.

»Wie war das noch mal gleich, als wir uns in diesem Traum auf den Weg zu Schülers Grab befanden?«, fragte er.

Ich hatte diesen Teil meines Traums nur gestreift, aber Pascal wollte mehr hören. »Ich habe dich geküsst?«, fragte er.

»Ja.«

»Und du hast dich nicht gewehrt?«, wollte er wissen.

»Nein«, antwortete ich schnell.

»Es war dir recht?«

»Ja.«

»Du hast es genossen? Warst du glücklich dabei?«, fragte Pascal.

»Ja. Ja. Mein Gott, hör endlich auf zu fragen. Merkst du denn nicht, dass mir das unangenehm ist?«

Er zog mich sanft an sich, ich ließ es gern geschehen.

»Ist dir das auch unangenehm?«, wollte er wissen.

»Keine Fragen mehr, Pascal Moor«, flüsterte ich.

»Dann muss ich handeln«, sagte er lächelnd und sein Gesicht kam immer näher.

Ich schloss die Augen, wusste, was passieren würde und ich wünschte es mir mit jeder Faser meines Herzens. Als seine Lippen meinen Mund berührten - diesmal was es gottlob kein Traum - war mir, als brauste ein wilder Sturm durch das Haus und trug uns weit, weit fort. Dorthin, wo es keine Menschen gab, die Pascal Böses wollten. Wir waren allein, waren glücklich, hatten Frieden, hatten uns.

Wieder sagte Pascal, »ich liebe dich.« Aber dieses Mal sagte er es wirklich und ich umarmte ihn so ungestüm, dass es ihn schmerzte. Er zog die Luft scharf ein, mir fielen seine Blessuren ein und ich ließ ihn sofort los.

»Entschuldige«, sagte ich.

»Macht nichts. Es war ein wohltuender Schmerz.«

Ich lachte. »Du bist verrückt. Kein Schmerz ist angenehm. Ich werde dich von nun an wie ein rohes Ei behandeln.«

»Einverstanden. Aber du musst mir versprechen, dass du das rohe Ei so oft wie möglich küsst.«

»Das lässt sich machen.«

Wir küssten uns wieder und wieder und ich war noch glücklicher, als ich es im Traum gewesen war. Wir hatten einander lange nicht gesehen, aber die Zeit der Trennung schrumpfte auf ein unbedeutendes Nichts zusammen. Wir waren wieder Kinder - und Erwachsene zugleich. Die Vergangenheit ging fast nahtlos in die Gegenwart über und meine Seligkeit kannte keine Grenzen. Er hatte damals versprochen, mich zu heiraten, und ich wusste heute, dass dieses wunderbare Versprechen für uns noch Gültigkeit hatte. Was auch immer die Menschen meinten Pascal noch antun zu müssen, mir war klar, dass ich nie mehr von ihm lassen würde.

Es bedurfte nicht viele Worte. Wir wussten, dass wir zusammengehörten und für immer zusammenbleiben würden. Es ist himmlisch, zu wissen, dass es einen Menschen gibt, dem man mehr als alles andere auf der Welt bedeutet. Ich wusste es von Pascal, und ich ließ ihn unmissverständlich wissen, dass ich für ihn genauso empfand. Zwei Menschen - ein Paar. Für immer und ewig.

Im Traum hatte ich Pascal von meinem Besuch bei Pepe Hufmüller erzählt. Nun tat ich es wieder und ich versuchte das Gespräch, das ich mit dem Schwachsinnigen geführt hatte, möglichst wortgetreu wiederzugeben. Pascal hörte mir sehr aufmerksam zu.

Ich fragte ihn, ob er schon eine Möglichkeit gefunden hätte, den Leuten im Dorf seine Unschuld zu beweisen.

»Es ist schwieriger, als ich annahm«, sagte Pascal ernst.

»Willst du aufgeben?«, fragte ich ihn überrascht.

»Nein, das kommt natürlich nicht in Frage. Aber ich hatte nicht damit gerechnet, dass die Mauer der Ablehnung so dick und hart sein würde. Niemand lässt mich an sich heran und Wachmeister Wohlfahrt scheint nur darauf zu waten, mich wieder einsperren zu können. Ich stoße mit meinen Fragen ins Leere. Niemand ist bereit, mir darauf zu antworten. Die einen laufen vor mir in Panik davon, als wäre ich der Leibhaftige persönlich. Die anderen begegnen mir mit düsterem, feindseligen Schweigen, während ihre Augen sagen, wir wollen mit einem Mörder nichts zu tun haben. Lass uns in Ruhe.« Er war auf einmal so grimmig und deprimiert, dass ich mir überlegte, wie ich ihn aufheitern konnte.

Ich erzählte ihm, wie ich Kim, meine Bewacherin, ausgetrickst hatte und dann lachten wir beide schadenfroh.

»Oh, Pascal, es tut so gut, dich lachen zu hören«, sagte ich. »Die Leute dürfen dir das Recht nicht absprechen, glücklich zu sein.«

»Manchmal bin ich nahe dran zu denken, der Teufel soll sie alle holen. Sie und ihr verdammtes Vorurteil. Sie wollen nicht, dass ich unschuldig bin. Es würde sie unsicher machen, denn dann wüssten sie nicht, wer Werner Schüler ermordete. Ich bin für sie der echte Sündenbock und sie werden nichts unversucht lassen, um mich loszuwerden.«

»Die Wahrheit wird sie entwaffnen.«

»Ja. Aber die Wahrheit lässt sich so schwer finden.«

Ich sagte ihm, das auch meine Verwandten alles versuchten, um mich von ihm fernzuhalten. Und ich erwähnte den Zettel, den ich unter meinem

Kopfkissen gefunden hatte. »Sie wollen mir damit Angst machen, aber so kriegen die mich nicht klein«, sagte ich trotzig. »Damit erreichen sie nur das Gegenteil.«

»Ich werde mein Schicksal meistern«, erklärte der geliebte Mann.

»Und ich bin bereit, dir dabei zu helfen«, versicherte ich ihm. Es klang wie ein Schwur.

Kapitel 11

Als ich nach Hause kam, fragte mich Onkel Wolfgang nicht, wo ich gewesen war. Er wusste es.

»Du warst bei Pascal Moor!«, sagte er schneidend. Der Zorn ließ an seiner Stirn eine Ader dick anschwellen und ein dünner Schweißfilm legte sich auf seine Glatze.

Ich bestritt diesen Anklagepunkt nicht. Die gesamte Verwandtschaft war anwesend. Ich hatte den Eindruck, vor einem Richter zu stehen. Und ich war bereits verurteilt. Genau wie Pascal. Kim schaute mich bitterböse an. Sie fand es wohl unverzeihlich, dass ich sie hintergangen hatte. Für meine Verwandten schien mein Benehmen empörend und skandalös zu sein. Aber was hatte ich schon getan?

Ich hatte einen guten Freund besucht. Einen jungen Mann, den ich schon als Kind sehr gern gehabt hatte und zu dem ich mich stark hingezogen fühlte. Ich liebte ihn. Hatten sie das Recht, mich von ihm abzukapseln?

»Du weißt, welchen Standpunkt wir in Sachen Moor vertreten«, sagte Onkel Wolfgang ernst. »Das Gericht hat ihn freigesprochen, aber für uns ist und bleibt dieser Mann ein Verbrecher. Deshalb finden wir es unerhört, dass du dich mit ihm abgibst. Lenny mag dich, aber von ihm willst du nichts wissen. Stattdessen fühlst du dich zu einem Schwerverbrecher hingezogen. Was sollen wir davon halten, Pam? Was ist los mit dir? Kannst du uns dafür eine Erklärung geben?«

›Ich kann, aber ich will nicht‹, dachte ich trotzig. »Denkt von mir aus über mich, was ihr wollt, es interessiert mich nicht. Ich bin euch keine Rechenschaft schuldig.«

»Nun«, sagte Onkel Wolfgang ungeduldig. Alle schauten mich stumm an. Tante Liz, Kim, Jo und Wilfred. Sie warteten darauf, dass ich mich verteidigte, doch ich hatte ihnen nichts zu sagen.

»Wir haben dich mit großer Freude bei uns aufgenommen, weil wir dich sehr gern haben«, sagte Onkel Wolfgang. »Doch nun bedaure ich es schon fast, Pam.«

Ich blickte ihm furchtlos in die Augen. ›Du erhebst dich zum Richter über Pascal und mich‹, dachte ich wütend. »Was maßt du dir eigentlich an? Pascal und ich sind keine schlechteren Menschen als du. Im Gegenteil, wir halten uns für wertvoller, weil wir wie Pech und Schwefel zusammenhalten und weil wir uns allen Hindernissen zum Trotz lieben. Wärst du einer solchen Liebe jemals fähig gewesen? Ich glaube nicht. Ich halte dich für einen nüchternen, knochentrockenen Menschen, der hart und unbarmherzig sogar zu seiner Familie sein kann. Du würdest dich sogar von deinen eigenen Söhnen distanzieren, wenn sie in Pascal Moors Lage gerieten. Kein Pardon! Nicht einmal vor das eigene Fleisch und Blut! Findest du das nicht großartig, so nachahmenswert, Onkel Wolfgang?«

»Ich möchte dich nicht vor die Tür setzen«, sagte mein Onkel finster. »Schließlich bist du die Tochter meines geliebten Bruders.«

»Ach komm, du hast meinen Vater nie geliebt, ich weiß es. Ich glaube, du kannst überhaupt nicht ehrlich und bedingungslos lieben. Deinen Bruder nicht, deine Kinder nicht - und auch deine Frau nicht. Also sprich nicht von deinem geliebten Bruder. Du wirfst mich nicht hinaus, weil dir das mein Vater nicht verzeihen würde, aber du würdest es sehr begrüßen, wenn ich mich selbst entschließen würde, euch zu verlassen, nicht wahr?« ›Nun gut‹, dachte ich leidenschaftlich. ›Ich werde gehen, aber nicht nach Hause, sondern nach Pascal.‹ »Ich glaube, wir sind verschiedener Ansicht«, sagte ich. Ich wunderte mich, wie ruhig und gelassen ich sprechen konnte. »Für mich ist Pascal kein Verbrecher. Er ist so unschuldig, wie wir alle«, fügte ich hinzu.

»Pam, ich bitte dich«, warf Tante Liz ein. »Du kannst uns doch nicht mit diesem ... Menschen vergleichen.«

»Warum nicht? Hältst du dich für etwas Besseres, Tante Liz?«

»Das will ich meinen«, sagte sie laut und Ärger rötete ihr Gesicht.

»Wie kommst du dazu, deiner Tante eine so beleidigende Frage zu stellen?«, fragte mich Onkel Wolfgang scharf.

»Wir wollen uns nicht streiten«, erwiderte ich sachlich. »Ich bin dafür, dass wir uns im Guten trennen. Morgen früh. Ist euch das Recht?«

»Du verlässt uns?«, fragte Jo.

»Ja, so ist es wohl am besten. Ich glaube kaum, dass es beim Abschied Tränen geben wird.«

»Unterlass bitte diesen bissigen Ton, Pam«, ärgerte sich Onkel Wolfgang. »Du kannst uns wirklich nichts vorwerfen. Wir haben dir Freundschaft, Liebe und Verständnis entgegengebracht. Du warst kein Gast in diesem Haus, sondern gehörtest zu uns. Doch nun stellte sich heraus, dass du das schwarze Schaf in der Familie bist und es wird sich nicht vermeiden lassen, dass ich mit deinem Vater ein erstes Wort über dich reden muss.«

»Das macht mir nichts aus«, erwiderte ich. »Vater war schon immer toleranter als du, Onkel Wolfgang. Er wird zuerst deine Meinung hören und dann meine. Und er wird mein Handeln gutheißen.«

»Das bezweifele ich.«

»Du wirst sehen«, sagte ich. Ich schaute meine Verwandten der Reihe nach an. »Hat jemand etwas dagegen, wenn ich mich in mein Zimmer zurückziehe? Das Abendessen fällt für mich heute aus. Ihr habt mir gründlich den Appetit verdorben.« Ich verließ den Raum.

»Ihr Benehmen ist empörend«, hörte ich Tante Liz sagen. »Das musst du alles ihrem Vater berichten.«

»Das werde ich«, sagte Onkel Wolfgang. »Verlass dich drauf.«

»Wie haben dein Bruder und seine Frau denn ihr Kind erzogen?«

»Sehr liberal. Da sieht man wieder, wohin das führt.«

Dazu hätte ich einiges zu sagen gehabt, aber ich kehrte nicht um. Ich hatte keine Lust mit ihnen zu streiten.

»Wie frech und aufsässig sie geworden ist«, gab nun auch Kim ihren Senf dazu. »So war sie früher nicht. Es fällt mir schwer, sie heute noch zu mögen.«

»Das brauchst du nicht mehr«, sagte Wilfred. »Ich bin sicher, dass wir sie hier nie mehr sehen werden.«

»Und Moor? Wird der sie wiedersehen?«, fragte Jo. Was sie sonst noch sagten, konnte ich nicht verstehen. Es interessierte mich auch nicht. Ich war mit meinen Verwandten fertig, und es störte mich nicht. Ihr scheinheiliges Getue ging mir auf die Nerven. Einen unschuldigen Menschen hatten sie verurteilt. Ihm eine Chance zu geben, waren sie nicht bereit. War das in ihren Augen richtig?

Ich ging mit knurrendem Magen zu Bett, aber das machte mir nichts aus. Ich stand zu meiner Entscheidung, keine Mahlzeit mehr mit den Arends einzunehmen. Auch zum Frühstück würde ich nicht erscheinen. Ich würde schon nicht verhungern. Ich war entschlossen, auf allen Ebenen über meine borniertes, selbstherrlichen Verwandten zu triumphieren. Ich hörte, wie sie nacheinander in ihre Zimmer gingen. Allmählich kehrte Stille ein, und ich hatte meine letzte Nacht in diesem alten Herrenhaus vor mir. Vor allem das war der Grund, weshalb ich nicht einschlafen konnte. Aber auch der Ärger, den ich gehabt hatte.

So lag ich einfach nur im Bett und ließ meinen Gedanken freien Lauf. Ich dachte vor allem an eine gemeinsame Zukunft mit Pascal. Wie sich das in der Praxis abspielen würde, wusste ich noch nicht. Wenn es Pascal gelang, seine Unschuld zu beweisen, brauchte er das Dorf nicht mehr zu verlassen. Alle würden dann ihm mit einem denkbar schlechten Gewissen begegnen und sich um eine Freundschaft bemühen.

Sollte ich in diesem Falle meine Heimat verlassen und zu ihm ziehen? Wenn es Pascal nicht gelang, die Leute von seiner Unschuld zu überzeugen, würde das Dorf, seine Heimat, mehr und mehr für ihn zur Hölle werden und für mich auch … ›Lassen wir es an uns herankommen‹, dachte ich. ›Wie es sich ergibt, ist es mir recht. Wichtig ist nur eines, das ich mit Pascal zusammen bin und das kann niemand verhindern.‹

Ich versuchte mir das Gesicht meines Onkels vorzustellen, das er machen würde, wenn man ihm sagte, das ich nicht in meine Heimat zurückgefahren sei, sondern bei Pascal wohnte. Das würde ihn gehörig aus der Fassung bringen. Wunderbar. Ich lächelte.

Natürlich wurde mein Onkel alle Hebel in Bewegung setzen, um mich aus Pascals Haus zu kriegen, doch nichts würde ihm nützen. Seiner Weisheit letzter Schluss würde es sein, Vater und Mutter anzurufen und sie ins Dorf zu bitten. Großer Gott, würde das noch Aufregungen geben. Von mir aus. Ich konnte es nicht ändern. Immer noch schadenfroh lächelnd drehte ich mich auf die Seite. Allmählich überkam mich doch die Müdigkeit. Ich schloss die Augen, rekelte mich und schob mit der Schulter das Kissen ein bisschen hoch. Jenes Kissen, unter das mir Werner Schüler eine Warnung gelegt hatte.

Lächerlich. Heute war das für mich nur noch ein reichlich kindischer Streich und was Pepe Hufmüller gesagt hatte, vermochte mich nun nicht mehr zu ängstigen. Die Liebe machte mich stark. Ich seufzte tief und spürte, wie mein Geist langsam wegglitt.

Aber im nächsten Moment schreckte ich hoch, denn im Haus war auf einmal der Teufel los.

Jemand schrie. Aber wie! In panischem Entsetzen. Es war eine männliche Stimme, doch sie überschlug sich und wurde furchtbar schrill. Gepolter. Türengeknalle. Stampfende Schritte. Aufgeregte Rufe und dann fiel auch noch ein Schuss.

›Mein Gott, da hat einer den Verstand verloren‹, durchfuhr es mich und mit einem Sprung war ich aus dem Bett.

Rasch schlüpfte ich in meinen Bademantel. Obwohl ich eigentlich mit meinen Verwandten nichts mehr zu tun haben wollte, trieb mich die Neugier aus dem Zimmer. Als ich sie aufriss, sah ich Max.

»Was ist passiert?«, fragte ich den Butler.

»Ich weiß es nicht, Miss Arend«, antwortete der Mann.

»Wer hat so entsetzlich geschrien?«

»Ich glaube, das war Wilfred Arend.« Wir eilten beide zu Wilfreds Zimmer. Hatte diesmal er schlecht geträumt? Er war verstört, schrie immer noch, nur nicht mehr pausenlos. Er trug nur einen Schlafanzug und hielt ein Gewehr in den Händen.

Seine Mutter, seine Schwester, sein Bruder und sein Vater versuchten, ihn zu beruhigen. Panik und Hysterie verzerrten sein Gesicht. Mit dem Gewehr in der Hand war er eine Gefahr für uns alle, die sich bei ihm befanden, und für sich selbst. Bis jetzt schien noch niemand ein verständliches Wort aus ihm herausbekommen zu haben. Er redete wirr, war in diesem Augenblick verrückter als Pepe Hufmüller.

»Still, Wilfred«, sagte Onkel Wolfgang eindringlich. »Himmel noch mal, so sei doch still!« Er schüttelte ihn, doch es nützte nichts.

»Gib das Gewehr her!«, verlangte Jo.

»Nein!«, schrie Wilfred. »Auf keinen Fall!«

»Was willst du denn damit?« Jo versuchte, seinem Bruder die Waffe aus den Händen zu nehmen. Mir fiel auf, dass die Kugel, die Wilfred abgefeuert hatte, in der Tür steckte. Kim stand ratlos neben ihrer ebenso ratlosen Mutter. Max fragte, ob er irgendetwas tun könne. Niemand antwortete ihm. Onkel Wolfgang und Jo versuchten, Wilfred nun gemeinsam zu entwaffnen. Es kam zu einem Handgemenge und es bestand die Gefahr, das sich ein Schuss löste und jemanden verletzte.

»So nimm doch Vernunft an!«, schrie Onkel Wolfgang nun schon wütend. »Lass das Gewehr los! Du brauchst es nicht!«

»Er war hier! Er war in meinem Zimmer!«, schrie Wilfred.

»Gib endlich das Gewehr her!«, verlangte Onkel Wolfgang. Mit vereinten Kräften gelang es ihnen, Wilfred zu entwaffnen. Das Gewehr bekam Max und Onkel Wolfgang trug ihm auf, es an seinen Platz zu bringen. Er meinte damit den Gewehrständer in der Halle.

»Er will mich holen! Er will mich umbringen! Ihr müsst mir helfen!«, rief Wilfred. »Max geben sie mir das Gewehr wieder. Ich brauche es. Ich muss mich verteidigen können.«

»Gehen sie, Max«, sagte Onkel Wolfgang und der Butler verließ das Zimmer.

»Du brauchst keine Angst mehr zu haben«, sagte mein Onkel zu seinem verstörten Sohn. »Wir sind bei dir und wir werden dich beschützen.«

»Er wird wiederkommen.«

»Wer? Von wem sprichst du? Wer war in deinem Zimmer?«

»Schüler. Werner Schüler.«

»Mein Gott, der Junge hat den Verstand verloren«, schluchzte Tante Liz.

»Halt bitte den Mund, Liz!«, sagte Onkel Wolfgang energisch. »Werde du nicht auch noch hysterisch. Es genügt, wenn einer übergeschnappt ist ... also Wilfred, was ist wirklich passiert?«

»Schüler war in meinem Zimmer. Ich habe schon geschlafen. Er stand neben meinem Bett. Oh Gott, Vater, wie ist das möglich?«

»Das frage ich mich auch.«

Ich hatte Werner Schüler im Traum aus dem Grab kommen sehen. Aber das war eben nur ein Traum gewesen. Wieso hatte mein Cousin den Toten nun wirklich gesehen? War Werner Schüler tatsächlich zurückgekehrt? Und warum suchte er ausgerechnet Wilfred heim?

»Ich hatte Besuch von einem Toten«, schrie Willfred.

»Blödsinn!«, herrschte Onkel Wolfgang ihn an. »Das ist Blödsinn!«

»Er war hier! Ich schwöre es, Vater! Ich weiß nicht, wodurch ich erwachte. Als ich ihn sah, dachte ich, mich trifft der Schlag. Ich hatte das Gewehr bei mir, wegen Pascal Moor, falls er sich noch einmal in der Nähe unseres Hauses blicken lassen sollte. Es lehnte auf der anderen Seite des Betts. Ich holte es mir. Schüler floh. Ich feuerte ihm nach. Er … er muss noch im Haus sein.«

»Wir suchen ihn!«, entschied Onkel Wolfgang. Er teilte das Haus in vier Teile. Jedes Familienmitglied bekam von ihm, einen zu gewiesen. Wilfred natürlich nicht, der war im Moment für nichts zu gebrauchen. Und ich auch nicht, denn ich gehörte nicht mehr zu ihnen.

Als sie Wilfreds Zimmer verließen, rief dieser: »Wartet! Ihr könnt mich doch nicht alleine lassen!«

»Ich bleibe bei dir, Wilfred«, sagte ich. Ich war ihm lieber als gar keiner.

Als ich mit meinem Cousin alleine war, fragte ich ihn. »War es wirklich Werner Schüler?«

»Wer denn sonst? Ich habe ihn gesehen. Es war dunkel. Aber nicht so dunkel, dass ich ihn nicht erkannt hätte. Der dicke, schwammige Körper, das weiße Haar, die Brille …« Wilfred lief nervös hin und her. Eine schreckliche Angst quälte ihn. Er behauptete, Schüler habe sich mit Sicherheit im Haus versteckt.

»Pepe Hufmüller sagte, Schüler würde wiederkommen und sich rächen.«

Wilfred schluchzte, »Oh Jesus, ich wollte ihn nicht umbringen!«

Ich erstarrte, als ich das hörte. »Was hast du gesagt?«, fragte ich aufgewühlt. Hatte wirklich mein Cousin den Mord begangen, für den Pascal Moor büßen sollte?

»Ich wollte es nicht tun«, schluchzte Wilfred und sank aufs Bett.

Hinter mir öffnete sich die Tür. Ich dachte, eines der Familienmitglieder sei zurückgekehrt, aber es war Werner Schüler! Zumindest sah der Mann auf den ersten Blick so aus. Wenn es nicht so hell im Zimmer gewesen wäre, hätte ich ihn nicht erkannt, wer wirklich eingetreten war. Aber für Wilfred, der immer noch unter Schock stand, gab es keinen Zweifel, dass er den Mann vor sich hatte, dem er das Leben genommen hatte.

»Pam!«, flehte mein Cousin zitternd. »Um Himmels willen, beschütze mich! Ich ... ich bin bereit, alles zu gestehen, ich werde mich stellen. Die Polizei soll den richtigen Täter haben. Aber er darf mich nicht umbringen ...«

»Was ist damals passiert, Wilfred?«, fragte ich.

Werner Schüler rührte sich nicht von der Stelle. »Ich hörte den Streit und dann sah ich Pascal Moor aus dem Haus stürmen. Ich hatte vorgehabt, Schüler aufzusuchen, um ihn zu bitten, mir mehr Zeit zu geben.«

»Zeit wofür?«, fragte ich.

»Ich hatte im Kasino hohe Spielschulden gemacht. Die Leute wollten ihr Geld haben, aber ich wusste nicht, wie ich es auftreiben sollte. Mein Vater hätte es mir nicht gegeben. Vater hätte mich davongejagt, wenn er von den Schulden erfahren hätte. Deshalb borgte ich mir das Geld von Schüler. Ich gab ihm einen Schuldschein. Von da an hatte er mich in der Hand. Er setzte mich unter Druck. Ich wusste, dass die Frist, die er mir gesetzt hatte, nicht reichen würde, um die hohe Summe zurückzuzahlen. Ich ging zu ihm, um ihn zu bitten, die Frist zu verlängern, doch er lachte mich aus, nannte mich einen Weichling, einen Feigling, der Angst vor seinem Vater hätte. Ich sah rot … da war auf einmal mein Messer in der Hand … und dann brach Schüler tot zusammen. Ich nahm den Schuldschein an mich und floh aus dem Haus. Als ich erfuhr, dass Pepe Hufmüller den Mörder gesehen hatte, dachte ich, es wäre alles aus, aber nicht mich verhaftete die Polizei, sondern Pascal Moor. Von da an begab ich mich öfter zu Hufmüller, gab ihm Geld und brachte ihm Whiskey mit und redete ihm immer wieder ein, es sei Pascal Moor gewesen, den er gesehen hatte. Ich wusste, dass du irgendwann einmal zu Hufmüller gehen würdest, deshalb trichterte ich ihm ein, was er dir sagen sollte. Du solltest

Angst kriegen und aufgeben, Moor entlasten zu wollen.«

»Deshalb auch der Zettel unter meinem Kopfkissen«, sagte ich.

»Ja«, gab Wilfred kleinlaut zu.

»Nun ist Moor endlich entlastet«, sagte Werner Schüler hinter mir und demaskierte sich und mein lieber Freund Pascal kam zum Vorschein.

»Nun hast du eine Zeugin, deren Aussage mehr wert ist als die von Pepe Hufmüller«, sagte ich zu ihm.

Pascal erklärte, das ich ihn mit dem, was ich ihm erzählt hatte, auf die Idee brachte, ebenfalls zu Hufmüller zu gehen. Er schaffte es den Schwachsinnigen mit seinen Fragen zu überlisten und dann schlug er Wilfred Arend mit seinen eigenen Waffen.

Mein Cousin wollte mir mit Werner Schülers Geist Angst machen. Und deshalb tat Pascal es mit wesentlich besserem Erfolg.

Endlich wurde der richtige Täter verhaftet und verurteilt. Pascal konnte sich als rehabilitiert betrachten, aber er hatte keine Lust mehr im Ort zu bleiben. Nach dem er erreicht hatte, was er wollte, verkaufte er sein Haus und kam mit mir in meine Heimat. Meine Eltern kannten ihn zwar schon, ich musste ihn ihnen aber trotzdem vorstellen - und zwar als den Mann, dessen Frau ich werden würde und schon einen Monat später läuteten die Hochzeitsglocken. Ich werde diesen Tag bis an mein Lebensende nicht vergessen, denn es war mein allerschönster und ein Ende unseres wundervollen Glücks nicht anzusehen.

Ende

Silke Naujoks wurde am 27.01.1963 in Halberstadt geboren.

Ihre Hobbys sind die Natur und Tiere. Seit kurzem hat sie das Schreiben für sich entdeckt.